AF154597

Rudolf von Gottschall

Amy Robsart

Trauerspriel in fünf Aufzügen. Neuntes Band

Rudolf von Gottschall

Amy Robsart
Trauerspriel in fünf Aufzügen. Neuntes Band

ISBN/EAN: 9783744610025

Hergestellt in Europa, USA, Kanada, Australien, Japan

Cover: Foto ©Andreas Hilbeck / pixelio.de

Weitere Bücher finden Sie auf **www.hansebooks.com**

Dramatische Werke

von

Rudolf Gottschall.

Neuntes Bändchen.

Amy Robsart.

Leipzig:

F. A. Brockhaus.

1877.

Digitized by the Internet Archive
in 2011 with funding from
Boston Library Consortium Member Libraries

http://www.archive.org/details/amyrobsarttrauer00gott

Dramatische Werke

von

Rudolf Gottschall.

Neuntes Bändchen.

Amy Robsart.

Leipzig:
F. A. Brockhaus.
1877.

Amy Robsart.

Trauerspiel in fünf Aufzügen

von

Rudolf Gottschall.

Leipzig:

F. A. Brockhaus.

1877.

Das Recht der Uebersetzung ist vorbehalten.

Erster Aufzug.

Scene: Vorhalle im Cumnor-Schloß. Schwere mit Eisen beschlagene Thüren in der Hinterwand; rechts und links hohe mit Glasmalerei geschmückte Fenster; daneben rechts und links schwere Thüren. Rechts in der Hinterwand ein Schrank mit Büchern.

Erster Auftritt.

Janet, von rechts, einen Schlüssel in der Hand.

Janet.

Ein neues Buch, die Stunden wegzutäuschen
Für meine Herrin. Staub'ge Chroniken!
Wer sucht aus all dem Wust vergangner Zeiten
Sich wundersame fesselnde Geschichten?
Da lob' ich Chaucer und Boccaccio:
Sie zaubern uns das bunte Abenteuer
In diese Einsamkeit. Die arme Herrin

Verseufzt hier Tag und Nacht in dieser Stille!
Dies Haus ist zum Gefängniß ihr geworden;
Der ungepflegte Garten rings umgibt es
Gleich einer Wildniß — mir gefällt das nicht!
Ich blüh' nicht gern in der Verborgenheit.
Hier, Chaucer —

    (Es klopft an die Hauptthür.)

   Man erschrickt hier wie vor Geistern,
Wenn sich ein menschlich Wesen regt!

     (nach links rufend)

        He, Vater,
Man klopft! — Gern säh' ich hier ein neu Gesicht;
Die alten sind mir wie zerlesne Bücher;
Allein der Vater zürnt mir, wenn ich bleibe!

Zweiter Auftritt.

Janet. Foster, mit einem großen Schlüsselbunde.

Foster.

Was thust du hier? Hinauf zu deiner Herrin!

Janet.

Ich habe mir ein Buch für sie gesucht.

Foster.

Ja, Satans Spielwerk für die müß'gen Stunden

Und Otterngift! Das taugt nicht für Gerechte,
Das nährt die Hoffart, legt der Tugend Fallen!
(Ein neues heftiges Pochen.)
Geduld! — (zu Janet) Hinweg!

Janet.

Es wird so schlimm nicht sein.
Ein reis'ger Bote — wer verirrt sich sonst
In diesen Fuchsbau? Man entführt mich nicht
Sogleich —

Foster.
Fort, Schwätzerin!

Janet.

Ich fliege schon.
(Mit einem Buche ab, nach rechts, nachdem sie den Schrank geschlossen hat.)

Foster öffnet das Thor.

Dritter Auftritt.

Harvey, aufgeputzt, **Edmund Glencarne,** schlicht und einfach. **Foster.**

Foster.
Was gibt's? Was soll's?

Harvey.

Willkommen, alter Freund!
Laß mich die Hand dir schütteln!

6

Foster.

Freund?

Harvey.

Du kennst
Den Michel Harvey nicht?

Foster.

Fürwahr, du bist es!
(die Hand zurückziehend)
Und ist kein Galgen noch für dich gewachsen?
In deiner Jugend hast du viel versprochen,
Und was man später über dich gehört —

Harvey.

Empfängt man alte Freunde so? Zum Wetter!

Foster.

Dem Herrn ein Greuel ist der Weg der Sünde.

Harvey.

So bist du fromm geworden? Einst sind wir
Auf gleichem Weg im schönen Bund gewandelt.

Foster.

O, siebenmal mag ein Gerechter fallen,
Er steht von neuem auf —

Harvey.

Potz Blitz, ich war
Auf besseren Empfang gefaßt — so sei's!
Aus alten Freunden können Feinde werden.

Aus der Erinnerungen reichem Schatz
Kann ich noch manchen rost'gen Heller spenden,
Auf welchem leserlich dein Name steht;
Und drück' ich ihn nur in die rechte Hand —

Foster.

Halt, alter Freund! So meint' ich's nicht; ich wollte
Nur auf die Probe deine Freundschaft stellen.
Es bleibt beim alten zwischen uns. — Doch wer
Ist dein Begleiter hier?

Harvey.

        Ein Freund von gestern.
Sieh, Alter, drunten in dem weißen Bären
Bei meinem Onkel kam ich gestern Abend
In lustige Gesellschaft — brave Burschen,
Nicht so gebräunt vom Wetter aller Zonen,
Vom Wirbelwind des Schicksals umgetrieben
Wie dies mein armes Selbst, doch alle fähig,
Gelegentlich ein gutes Werk zu thun,
Den Teufel selbst zu fordern vor die Klinge.
Da sprachen sie von dir, von Cumnorplace,
Von dem unheimlichen Versteck, das du
Behütest, einem alten Drachen gleich —

Foster.

Des Weisen Zunge macht die Lehre lieblich;
Der Mund des Narren sprudelt eitel Narrheit.

Harvey.

Die andern sagten dies: unmöglich sei's,
In das Geheimniß des Verstecks zu dringen;

Doch hier in dieser krausen Muschel sitze
Die schönste Perle — ein entzückend Weib!

Foster.

Da lauern sie auf des Gerechten Haus
Und stören seine Ruhe.

Harvey.

Topp, was gilt
Die Wette? rief ich aus. Du weißt, ich liebe
Die Wetten und das Würfelspiel — ich habe
Einmal schon meinen Hals verspielt und nur
Durch eine schlaue Kriegslist ihn gerettet.
Nun, gilt die Wette? ruf' ich, Michel Harvey
Dringt kühn in das Versteck, und man empfängt
Ihn wie den besten Freund. Da steht der Ritter
Aus einem dunkeln Winkel auf und hält
Die Wette, und verlangt mich zu begleiten,
Und selbst zu sehn wie mir's gelingt. — Wie, Freund,
Hab' ich gewonnen?

Glencarne.

In der That, ich bin
Besiegt. (gibt Harvey einen Beutel Geld.)

Harvey.

Das klimpert, lustige Musik!
Viel Dank, Herr Schotte! — Heute Abend gibt's
Ein Fest im weißen Bären; komm mit uns,
Mach' heut die Klammern deiner Bibel zu
Und zeche mit den lustigen Kumpanen!
Ich habe viel zu fragen, zu erzählen.

Foster.

Hier meinen Posten darf ich nicht verlassen.

Harvey.

Ei, Abenteuer und Geheimnisse —
Das such' ich just! Ich brauchte solchen Herrn,
Der ungewohnten Dienst verlangt.

Foster.

Pst! Pst!

Harvey.

Für unbekannte Schönen mich zu schlagen,
Belohnt mit süßem Lächeln, Raub, Entführung,
Dem Gegner aufzulauern auf dem Heimweg,
Sei's Bruder, Vater oder Bräutigam,
Und wer sich auf ein thöricht Recht beruft —
Das wär' ein Hochgenuß!

Foster.

Du bist zu brauchen,
Ich weiß es wohl; doch hier ist nicht der Ort.
Entschuldigt, edler Ritter, ich entführe
Euch den Begleiter nur auf kurze Zeit;
Ich hab' ihm ein vertraulich Wort zu sagen.
Wir kehren gleich zurück.

(ab mit Harvey nach links.)

Glencarne.

Hier also, hier
Find' ich dich wieder, Amy — ach, so sieht
Das Glück nicht aus! Mit trüben Augen blickt

Das Licht des Tages durch die bunten Scheiben,
Und draußen webt ein undurchdringlich Netz
Wildwachsend Strauch und Baum, und schwermuthsvoll
Im Dunkel dieser wüsten Stätte brütet
Verlassenheit — Vergessenheit! O Amy!
So glaubt' ich die Verlorne nicht zu finden!
Ich wollte dich dem Arm des Glücks entreißen;
Freiwillig gibt das Unglück dich zurück!

Vierter Auftritt.

Glencarne. Amy, von rechts.

Glencarne.

Man naht! (er hüllt sich in den Mantel.)

Amy
(eintretend, ein Buch in der Hand).

Das las ich schon — Janet ist zu zerstreut!
Ein andres Buch entlehn' ich hier dem Staube.

(Glencarne bemerkend)

Doch wie? Er ist's! Das kann mein Lord nur sein! —
Die Wolke fort! laß mich die Sonne sehn,
Dein theures Antlitz!

Glencarne (den Mantel zurückschlagend).

Amy!

Amy.

Ew'ger Gott!

Glencarne.

Du bebſt zurück, als ſähſt du ein Geſpenſt!
Du fürchteſt dich vor mir?

Amy.

Hat Amy Robſart,
Solang' ſie lebt, jemals die Furcht gekannt?
Nicht Furcht bewegt mich — Staunen nur! Was führt
Dich her zu mir? Wie dringſt du in dies Haus,
In meine Wohnung?

Glencarne.

Sag', in dein Gefängniß!

Amy.

Will ich gefangen ſein — wen kümmert's denn?
Ich aber frage, wer ein Recht dir gibt,
Hier einzudringen?

Glencarne.

Einer, deſſen Recht
Du nicht bezweifeln darfſt — ich ſteh' vor dir
In deines Vater Auftrag.

Amy.

O, mein Vater!

Glencarne.

Er iſt ſo krank und leidend jetzt — er ſehnt
Sich nach der Tochter! Einſam iſt ſein Haus.

Amy.

Ich ſuch' ihn auf; ich komme bald zu ihm.

Glencarne.

Du bringst ihm Trost zurück, doch nimmermehr
Den heitern Sinn, den stolzen festen Gang —
Er ist gebeugt, seitdem du ihn verlassen.

Amy.

Ich komme, wenn mein Herr es mir erlaubt.

Glencarne.

Erlaubt? Gefangne Sklavin, sagt' ich's nicht,
So willenlos, daß selbst die heil'ge Pflicht
Erlaubniß heischt? O Schmach auf den Entführer!
Wie groll' ich diesem prahlenden Gesellen,
Der dich wie mit geheimem Zauber bindet!
O dieser Varney, der den frechen Ton
Des Hofgesinds vereint mit jeder Kunst
Der blendenden Verführung!

Amy.

Nein, du irrst!
O, lästre nicht!

Glencarne.

Der Mörder unsres Glücks,
Dem die Natur schon auf die Stirn geschrieben
Den niedern Sinn!

Amy.

Die Hoheit, willst du sagen;
Denn er ist hoch und herrlich wie kein andrer,
Ein Liebling der Natur und des Geschicks!
Und alle Thaten, die dein Arm vollbracht,
Verschwinden gegen seines Namens Ruhm.

13

Glencarne.

Du schwärmst!

Amy.

O glaub' es nicht! Er steht zu hoch
Für Zweifel und Verleumdung. Glencarne, sieh,
Ich habe dich gekränkt, von allen Menschen
Hast du allein ein Recht mich anzuklagen.
Es war ein schöner Traum, den wir geträumt!
Und wenn wir abends durch die Fluren gingen,
So Hand in Hand im traulichen Verein,
Und nach den abendrothen Gipfeln sahen —
Da als der höchste Wunsch erschien es mir,
In deines Hochlands Berge dir zu folgen.
Doch anders kam's! Das war ein schüchtern Ahnen,
Das war die Liebe nicht!

Glencarne.

Und dennoch, Amy,
Bei dem Gedächtniß an den holden Traum
Beschwör' ich dich: o kehr' mit mir zurück
In deines Vaters Arme! Nimmer wird
Ein ungestümer Wunsch von mir dich stören;
Ein Bruder will ich dir zur Seite stehn.

Amy.

Mir winkt ein glänzend Leben, Thörichter!
Ich kann nicht mehr zurück — ich kann nicht mehr
Am stillen Herd, ein singend Heimchen, nisten.
O glaub' es mir, ich bin von hohem Rang;
Von Englands schönen Damen ist es nur
Die Königin, vor der das Haupt ich neige.

Glencarne.

Du träumst! Wie, hat die tiefe Einsamkeit
In dieser Wildniß dir den Sinn verwirrt?

Amy.

Noch schwebt ein leicht Gewölk vor meinem Glück;
Bald wird es groß und glänzend sich enthüllen.
Ich kann dir nützen, helfen — meine Macht
Ist groß — und hast du einen Wunsch —

         Glencarne.

                Den einz'gen
Aus so unwürd'gen Träumen dich zu reißen;
Nicht solcher Gunst will ich mein Glück verdanken.
Auf üpp'gem Grund gedeihe was da mag:
Die Eiche Schottlands liebt den Felsenboden.
Freigebig bist du mit der Gunst des Hofs;
So bist du selbst wol ihrer Gnaden theilhaft?
O sprich, ob der Entführer seinen Rang
Dir gab, ob du vor Gott und vor den Menschen
Mit gleichem Recht an seiner Seite stehst?

Amy.

Auf solche Frage weigr ich jede Antwort:
Dem Vater schuld' ich sie allein, nicht dir!

Glencarne.

Unsel'ge! Nur die Thräne heißer Reue
Sühnt deine Schuld; doch diese Thräne wird
Genügen, deines Vaters Herz zu rühren.
Du kommst zurück zu ihm — an diese Stätte
Kann Zwang allein dich oder Zauber bannen.

Ich breche diesen Bann — ich schütze dich
Mit meinem Schwert! Du folgst mir jetzt —

Amy.

Nein, nimmer!

Glencarne.

Ich sprech' zu dir in deines Vaters Namen.

Amy.

Mich hält ein heilig Wort — ich folge nicht

Glencarne.

So gilt's Gewalt, um die Gewalt zu brechen!

(Amy am Arm fassend)

Amy.

Zurück! Bin ich so hoch gestiegen, um
Die leichte Beute jedes frechen Willens
Zu sein? Zurück! — Wo seid Ihr, Anthony?
Herbei, herbei!

———

Fünfter Auftritt.

Vorige. Foster. Harvey, von links.

Foster.

Was seh' ich? Lady, Lady!
Hier droht ein Unheil. — Fort, zurück, Verwegner!
Es handelt sich um Euern Kopf und unsern! —
Mit aller Ehrfurcht, Lady, bitt' ich Euch,

Begebt Euch in die angewiesenen
Gemächer.

(zu Glencarne)

　　　Wie, Ihr bleibt? — Ei, Michel Harvey,
Zeigt, daß Ihr brauchbar seid; empfehlt Euch für
Den Dienst, um den Ihr werbt. Heraus die Klinge,
Und scheucht den eingedrungnen Fremdling fort!

Harvey.

Zu jeder andern Zeit — doch unsereins
Hat sein Gewissen auch! Ich hab' mit ihm
Gemeinsam heut gezecht und bin gemeinsam
Hierher mit ihm gewandert — gerade heute
Thu' ich ihm nichts zu Leid!

Foster.

　　　　　Es ist das Geld
In deiner Tasche, das den Dienst versagt;
Des Satans Schlingen halten dich gefangen. —

(Von draußen ertönt ein Pfiff.)

Bei Gott, das Zeichen Eures Herrn, Mylady,
Das Zeichen seiner Botschaft — ich beschwör' Euch,
Er darf Euch hier nicht sehn — ich bin verloren,
Wenn Euch ein Aug' hier sieht!

Amy.

　　　　　Ich bleibe, Foster.
Bin ich die Herrin hier?

Foster.

　　　　　So schütz' uns Gott! —
Das ist ein böser Zufall!

(öffnet das Thor.)

Sechster Auftritt.

Vorige. Varney.

Varney (durch das Thor tretend).

Höll' und Teufel!
Ist hier ein Fest? — Entschuldigt, edle Frau,
Ich muß ein Wort mit diesen Gästen sprechen. —
Was seh' ich? Glencarne? Ha, Verrath!

Glencarne.

Verführer!
Zerstörer meines Glücks! Dein Anblick gießt
Mir Feuer in das Herz — das Schwert heraus!
Du sollst mir Rede stehn!
(dringt mit gezogenem Schwerte auf Varney ein.)

Varney (das Schwert ziehend).

Nur sachte, sachte,
Mein tapfrer Than des Hochlands, nicht so stürmisch!
Du fichtst im Nebel, wie einst Fingal focht —
Doch war's ein großer Held!
(Sie fechten.)

Foster.

Trennt sie, trennt sie!

Harvey
(tritt mit gezogenem Schwerte zwischen Varney und Glencarne).

Zurück, mein Bruder Schotte! Wenn du selbst
Den Frieden dieses Hauses störst — dann gilt

Die neue Freundschaft nichts, und fühlen sollst
Du meines Armes Wucht!

Glencarne (zu Varney).

Wir sehn uns wieder,
Und ungestört — Mann gegen Mann — allein!
Unausgetragen bleibt die Fehde nicht,
Die ich auf Blut und Leben dir geschworen! —

(zu Amy)

Ich scheide, Amy — scheide ohne Trost
Für deines Vaters Thränen. Unglückfel'ge!
Du mehrst die alte Schuld mit einer neuen:
Mög' nie dein lieblos stolzer Sinn dich reuen!

(ab durch das Hauptthor.)

Varney.

Entschuldigt, edle Lady, wenn ich jetzt
Erst meines Auftrags mich entleb'gen kann.
Doch angefallen, wie von Wegelagrern
Auf offnem Heerweg, mußt' ich mich vertheid'gen,
So unerwartet mir ein solch Begegnen
An dieser freundlich stillen Zufluchtsstätte.
Lord Leicester sendet mich voraus und folgt
Mir auf dem Fuße nach.

Amy.
Mein Robert kommt!

O, nun ist alles gut!

Varney.

Auch bring' ich Euch
Ein kleines Liebespfand von ihm.

(übergibt ein kleines Packet, mit scharlachener Seide gebunden.)

Amy.

Er liebt
Anmuth'ge Ueberraschung. Doch — der Knoten
Ist allzu fest verschlungen.

Varney.

Darf mein Dolch
Ihn lösen?

Amy.

Nimmer — Liebespfändern bleibe
Die blanke Waffe fern! — Janet, Janet —
Doch nein — der Knoten ist gelöst! Bei Gott,
Ein Halsband von des Ostens schönsten Perlen!
Wie schmuck, wie herrlich, einer Fürstin werth!
Er folgt Euch auf dem Fuße nach?

Varney.

So ist es.

Amy.

Dann gilt es Eile, denn mein Herr verlangt,
Daß ich in seiner Liebesgabe Schmuck
Ihm schon entgegentrete. — Ei, die Perlen,
Sie duften gleichwie ein arabisch Märchen! —
Er naht! — Janet! — Ich eile mich zu schmücken;
Ein jeder Schlag des Herzens ist Entzücken!

(ab nach rechts.)

Varney (für sich).

Der meine auch, seh' ich dies schöne Weib! —

(zu Foster)

Nun steh mir Rede, frommer Höllensohn,

2*

Du bibelfester Schlüsselbund, du Scheusal
Von einem Cerberus! Und wär' dein Kopf
Gespickt mit Psalmen, wie ein Eberrüssel
Mit Lorberblättern — wahr' ihn gut, daß ich
Ihn dir nicht vor die Füße legen lasse!
Was war das hier?

Foster.

Ein unglückfel'ger Zufall!

Varney.

Hier soll es keinen Zufall geben. Wetter!
Dies Wort steht nicht in unserm Wörterbuch,
Und auch in deiner Bibel steht es nicht.
Lern' deine Sprüche besser, grauer Sünder!
Wer ist der Mann?

Foster.

Ein alter Freund von mir,
Ein alter Kamerad. Er kehrt zurück
Von weiten Reisen, ist ein wetterfester
Gesell, ein Bursch wie wir ihn brauchen können,
Und meldet sich zum Dienst bei unserm Lord.

Varney.

Dein Name?

Harvey.

Michel Harvey.

Varney.

Guter Freund,
Du hast in deinem Wesen etwas, was

Vertraulich mich gemahnt, mag's andern auch
Mißfallen. Deine Schmarren lügen nicht —
Du bist ein Raufbold!

Harvey.

Wenn's verlangt wird.

Varney.

Nein,

Auch wenn es nicht verlangt wird; denn das liegt
Einmal im Blut: die busch'gen Augenbrauen,
Das zweifelhafte Zwinkern deines Blicks,
Und dann das unverwüstlich kecke Lächeln
Um deine Lippen — aber halt! Wer war
Der andre, und wie kamst du her mit ihm?

Harvey.

Herr, eine Wette drunten in dem Bären,
Daß mir's gelingen würde, in dies Schloß
Zu dringen; und er hielt die Wette, kam
Mit mir, um selbst Gewinn zu prüfen oder
Verlust.

Varney.

Du kennst ihn nicht?

Harvey.

Ich kenn' ihn erst

Seit gestern Abend.

Varney.

Du verschmitzte Unschuld —

Du bist ein Fuchs, doch einer, den man jagt!
Nun, in die Karten wirst du niemand sehn.

Du bist zu brauchen, Bursch, für groben Dienst,
Wenn's Hiebe regnet auf die Lederkoller.
Erst prüf' ich dich, eh' ich in Sold dich nehme.
Wo ist dein Weggenosse?

Harvey.

Wol im Wirthshaus —
Er macht gewiß sich reisefertig.

Varney.

Gut.

Du folgst ihm wie sein Schatten Schritt für Schritt —
Zu Fuß, zu Pferd — wohin er auch sich wende,
Und dann erstattest du Bericht. Hinweg!
Wie Blitz und Schlag — Befehlen und Gehorchen:
Das ist so Brauch bei uns.

Harvey.

Ich eile schon.

(ab durch das Hauptthor.)

Varney

(mit dem Fuß auf den Boden stampfend).

Von allen Dingen just das widrigste
Geschieht — von allen Erdgebornen durfte
Am wenigsten der Schotte Edmund Glencarne
Sich dieser Stätte nahn — mein erster Blick
Fällt auf den blöden Schäfer — Höll' und Teufel!
Wo habt Ihr Eure Augen, Eure Sinne?

Foster.

Ich kenn' den Ritter nicht.

Varney.

Doch kennen sollst
Du deine Pflicht und deines Amtes wahren.
Vernimm, was nicht in beinen Psalmen steht —
Ein kleiner Anhang ist's zum Buche Ruth.
Der Schotte liebte Amy Robsart, war
Ihr halb verlobt, und trank das Abendroth,
Der Sterne Schein, den Duft der grünen Felder
Und alles, was Verliebte glücklich macht,
Mit ihr allein in seliger Gemeinschaft.
Des Vaters Segen ruht' auf ihren Häuptern,
Und weißes Linnen lag schon in den Kisten,
Vielleicht war schon zum Hochzeitskleid das Maß
Genommen — da beginnt das sichre Glück,
Das fest gegründet scheint für ew'ge Zeit,
Zu schwanken, gleich als ob die Erde bebte,
Und lange währt' es nicht, daß Jungfer Ruth
Statt aller Aehrenkränze einen Korb
Dem Bräut'gam gab.

Foster.

Das Heu verdorrt, die Blume
Verwelkt — so spricht der Herr.

Varney.

Ihr könnt Euch denken,
Wie mich der Schotte haßt!

Foster.

Euch? Und warum?

Varney.

Im Auge jener wackern Bergbewohner

Bin ich's, der sie entführt; mich hält der Schotte
Für den Beglückten, welchen Amy liebt.
Drum fuhr er los auf mich, so wie ein Stier
Aufs rothe Tuch. Oft zwang die Maske mich,
Den Liebenden zu spielen — ach, ein Spiel,
Nicht allzu schwer bei einem schönen Weib,
Doch allzu schwer als Spiel — in Derbyshire.
So weit des alten Robsart Kundschaft reicht,
Flucht man auf Richard Varney nur — und niemand
Ahnt, daß ein Größerer als Richard Varney
Die schöne Amy an sein Herz gedrückt
Und, leider! zum Altar geführt.

Foster.
Und leider?

Varney.

War's unglückselige Verblendung nicht,
Daß solch ein Lord, so groß, so zukunftsvoll,
Sich an ein namenloses Mädchen band?
Der Kirche Segen weihte einen Bund,
Der für zwei Sommermonde fest genug,
Wenn ihn geheime Liebe segnete.
Und jetzt — Graf Leicester wächst von Tag zu Tag
In seiner Kön'gin Gunst; Elisabeth,
Im Glanz der Jugend und der Weisheit strahlend,
Weist fremder Fürsten Hand zurück — kein Zweifel,
Sie trägt im Herzen nur ein Bild — das seine!
Und dieses schrankenlosen Glücks Verheißung
Verscherzt der Lord um solch ein Abenteuer!
Wer Sinn hat und Verstand, der muß sich ärgern.
So blöde Jugendthorheit hemmt den Mann,
Und ewig steht er wie ein Knabe da.

Foster.

Was ift zu thun?

Varney.

Ich thue was ich kann.
So lang' der Lord dabei verharrt, die Heirath
Und sein Juwel geheim zu halten, ift
Noch nichts verloren. Doch, Ihr Bibelschwätzer,
Ihr thut nicht was Ihr follt.

Foster.

Ihr kränkt mich, Sir!

Varney.

Mit Euren fauertöpf'ichen Mienen wißt
Ihr nicht die Einfamkeit in diefem Schloß
Anmuthig zu geftalten. Wie das Unkraut
Um Strauch und Baum, was hier im Garten wuchert,
Verdüftert Ihr der jungen Lady Blick
Und tretet zwifchen fie und Gottes Sonne.

Foster.

Ich habe ftrengen Auftrag, und ich muß
Unhold oft ihrem liebften Wunfch begegnen.

Varney.

Sie foll fich wohl hier und behaglich fühlen
Und auf des Lords Befuche freun, wie fich
Die Blumen in des Walds Verftecken freun,
Wenn fie ein feltner Strahl der Sonne grüßt.
Ihr Wunfch foll nimmer in die Ferne fchweifen,
Und keine Bitte quäle unfern Herrn.

Wir müssen Zeit gewinnen — Zeit! Sie ist
Die mächtige Genossin, die das Glück
Zerbröckelt, wär's auf Felsen auch gebaut.
Ein ruhig sichres Glück — es keimt und wächst,
Mit ihm die Langeweile! Schönre Plane
Gewinnen Boden im Gemüth des Grafen,
Verführerisch winkt ihm die Krone zu,
Und dieses schönen Kindes Hoffart wird
Dann mit bescheidnem Lose sich begnügen.

(Es pfeift von draußen.)

Foster.

Der Lord! Der Lord!

Varney.

Eilt ihm entgegen, Foster!

Foster eilt durch das Hauptthor ab.

Varney.

Für ihn die Krone — und zerreißen muß
Er dies unwürd'ge Band! Dann winkt der Preis
Verfehmter Glut, die jetzt Verbrechen ist,
Der heißen Leidenschaft in meiner Brust!

Siebenter Auftritt.

Varney. Graf Leicester, Foster (durch das Hauptthor).

Leicester.

Und die Gemächer sind bereit?

Foster.

Sie sind es.

Leicester.

Und ausgerüstet mit der Pracht, die ich
Befahl?

Foster.

Ganz nach der Vorschrift von Mylord.

Leicester.

Sie sollen heute ihr geöffnet werden;
Wir speisen heut im großen Spiegelsaal!
Ich will's, daß sie sich heimisch fühle hier
In Cumnorplace — ich will's und muß es wollen.
He, Varney!

Varney.

Frevel wär's und Unverstand,
Zu widersprechen; wollen müßt Ihr dies
Jetzt mehr als je.

Leicester.

Ich brauch' ein Treibhaus noch
Für meine Blume — draußen würde sie
Im kalten Hauch erfrieren. Doch wo bleibt sie?
Schon bin ich unter ihrem Zauberbanne,
Und ihres Wesens traute Heimlichkeit
Hat's hier mir angethan — so würzig süß
Ist rings die Luft! Es sind die Lindenblüten,
Die Windeshauch auf die Orangen weht,
Daß sich vom Nord und Süd der Duft vermählt.
Schwül, schwül! Wie Flämmchen zuckt es um die Kelche

Der Blumen, und ein wollustathmend Fieber
Schleicht durch die Pulse der Natur — sie ist es!

———————

Achter Auftritt.

Vorige. Amy. Janet.

Amy.

Ich grüße dich, mein Lord und Herr!

Leicester.

Lieb Amy!

(Sie umarmen sich.)

Amy.

Du bist es selbst — o wie ersehnt' ich dich!

Leicester.

In meiner Perlen Schmuck — die schönste Perle!

Amy.

Der eine Tag wiegt hundert Tage auf,
Die einsam ich vertrauern muß! Du bist
Bei mir — und diese kahlen Wände glänzen
Wie Säulenhallen in der Kön'gin Schloß;
Wildwuchernd Gras wie weicher Matten Sammt
Und das verworrne Dickicht dieser Bäume
Wird gleich dem grünen Hofstaat, der das Schloß
Von Windsor oder Kenilworth umgibt!

Leicester.

Und eine Ueberraschung bring' ich mit:
In jenen Flügel führ' ich dich, aus dem
Zur Nachtzeit dich des Werkmanns Arbeit scheuchte.
Er ist der Gräfin Leicester werth — dich wird
Der prächtigsten Gemächer Glanz empfangen!

Amy.

O, das ist schön! Doch größern Dankes werth,
Mein Lord und Herr, erschiene mir der Tag,
Der nicht mein Bild den todten Spiegeln zeigte,
Nein, dem lebend'gen Spiegel eines Hofs.
Wann endlich führst du mich aus diesem Dunkel
In den ersehnten Glanz, die Herrscherin
In der Vasallen Kreis? Bin ich nicht schmuck
Genug, um deiner werth zu sein? Ich weiß,
Lord Leicester überstrahlt die Mächt'gen alle
Am Hofe der Elisabeth — bin ich
So reizlos denn, daß ich im Schatten stünde
Vor all den stolzen Damen dieses Hofs?
Ich kann den Kopf auch etwas höher tragen,
Und eine lange Schleppe stört mich nicht.
An Leicester's Seite werd' ich wachsen lernen;
Hab' ich's doch kaum verlernt! — So finster, Lord?

Leicester.

Du weißt, dies Einz'ge kann ich nicht gewähren.
Verlange was du willst — dies Einz'ge nicht,
Jetzt nicht! Es kommt der Tag, an dem die Welt
Lord Leicester's Wahl bewundern soll — doch jetzt
Hab' ich die stolze Höhe nicht erreicht,
Wo ich nur meinen eignen Willen fragen,

Nur meinem Wunsch gehorchen darf! Ich klimme
Auf einem glatten Pfad empor — ich muß
Mit Vorsicht ihn erklimmen — launenhaft
Ist meine Königin; sie liebt es nicht,
Wenn treulos die Trabanten ihrer Macht
Nach andern Sternen sehn. Geduld! Geduld!
Und sind wir uns nicht selbst genug?

Amy.

Gewiß

Doch jeder freut sich des errungnen Guts,
Und doppelt selig ist die Einsamkeit,
In die wir aus dem Rausch der Welt uns flüchten.
Erst wenn wir die Bewunderung gekostet,
Erscheint ein stilles Glück beneidenswerth.
Und diese launenhafte Königin —
Wann wird sie anders werden? Nimmermehr!
Man kniet vor ihren Launen — das entzückt.
Setz' mir die Krone auf — ich setze drunter
Ein Köpfchen auf, das dich entzücken soll:
„Du mußt noch heut nach Kenilworth mich führen!"
Mylord verbeugt sich und gehorcht. Und das
Gefiele mir bis an mein Lebensende!
Nein, wenn wir warten sollen, theurer Freund,
Bis Königinnen ihre Launen ändern,
So bricht zuvor der Jüngste Tag herein!

Leicester.

So ist es nicht gemeint — nur kurze Zeit —

Amy.

Erwartung macht sie lang! Doch sei es denn,

Du Unerbittlicher! — Gewähre denn
Mir eine andre Bitte!

Leicester.

Welchen Wunsch
Hätt' ich dir je versagt, als diesen einen?

Amy.

Laß mich zu meinem Vater ziehn!

Leicester.

Unmöglich.

Amy.

Er ist erkrankt, ich hab' genaue Nachricht.

Leicester.

Von wem — durch wen? Er ist ein alter Herr —
Erkältung auf der Fuchsjagd oder — Gott,
Das Alter selbst ist ein unheilbar Leiden,
Doch dauert's oft Jahrzehnte lang — das hat
Nicht Noth! Wohl aber würde unser Glück,
Dein still Asyl, vertraulich ausgeplaudert;
Am heimatlichen Herde plaudert sich's
So harmlos — nein, das kann, das darf nicht sein!
Auch Edmund Glencarne traf ich unterwegs;
Er harrt wol auf die lang ersehnte Kunde,
Und sein Gesicht mit dieser frischen Jugend
Erweckte alte Träume —

Amy.

Edmund Glencarne
Ist edel und unfähig des Verraths.

Leicester.

Er folgt dem Lord Arundel, meinem Feind,
Gehört zu meiner Gegnerschaft bei Hof —
Ich will ihn nicht auf meinem Wege finden.

Amy.

Doch wenn ich ihn gesehn?

Leicester.

So rath' ich dir,
Davon zu schweigen, wie von einem Unglück,
Das man mit Scham verbirgt; erführ' ich's selbst,
Es würde nimmer ihm zum Heil gereichen.
Doch, Kind, was plaudern wir? Welch ein Empfang!
Ein sorgenloses Glück erwart' ich hier,
Hingebung, Wonne! Jede Grübelei
Ist Gift für diesen Trank. Du liebst mich, Amy?
So gib vertrauend dich der Liebe hin!

Amy.

Ich will's! Ich will's! Fort, thörichte Gedanken!
Warum denn in die Ferne schweift der Sinn?
Mein ganzes Leben soll um deins sich ranken;
Mein Herr, mein Held, mein Alles — nimm mich hin!

(Sie sinkt in seine Arme.)

Der Vorhang fällt.

Zweiter Aufzug.

Empfangssaal im Schlosse zu London. Links der Eingang zu den Ge-
mächern der Königin. Im Vordergrunde links ein Thronsessel, im Hintergrund eine offene Halle.

Erster Auftritt.

Graf von Arundel, Dunbar, Edmund Glencarne und Gefolge
treten von hinten rechts in den Vordergrund.

Arundel.

Versöhnen will sie uns? Versöhnen? Pah!

Dunbar.

Das ist die Absicht Ihrer Majestät;
Nur deshalb hat sie Euch hierhergeladen
Zusammen mit dem Grafen Leicester —

Gottschall, Dramatische Werke. IX.   3

Arundel.

Wohl!
Wenn Stahl und Stein sich treffen, stiebt es Funken.

Dunbar.

Darum die Löschmannschaft — die Königsgarde
Steht unter Waffen, auf dem Lande auch
Sah ich ringsum die Mannschaft sich versammeln.
Der Scherif der getreuen Landschaft Kent
Hat sicher einen Wink erhalten —

Arundel.

Pah!
Wenn nicht ihr Blick, ihr Lächeln uns gebietet,
Die Schwerter knicken wie ein Schilf. Und doch —
So gern ich sonst dem Wink der Herrin folge,
Gebannt von ihrem jungfräulichen Reiz,
Mit Leicester kann ich keinen Frieden schließen!

Dunbar.

Die Königin wird sich für Euch entscheiden,
Ich zweifle nicht.

Arundel.

Ob eine Krone oben,
Ob unten einen Fischschweif — Weiber müssen
Erzittern, wenn sie lieben sollen. Hölle!
Bin ich ein Mann? Kein glatter Höfling zwar —
Der Bart zu wild für die geschmeid'ge Mode,
Die Züge etwas von der Zeiten Brandung
Wie meines Schlosses Felsen ausgewaschen —
Kein Bild, das man in goldnem Medaillon
Am zarten Busen aufbewahrt — und doch —

Ein Mann, geschaffen daß ein Königreich
Vor seinem Zorn erzittre! — He, Vasallen,
Ihr steht zu mir?

Glencarne, Dunbar, das Gefolge (an die Schwerter schlagend).

Mit Leib und Leben!

Arundel.

Still!

Erschreckt die Kön'gin nicht — hoho! Zu rauh
Ist unser Gruß; wir poltern, werthe Herren,
Gleich einem Felsensturz auf dies Parquet.
Hier muß man gleiten, wie die Barke auf
Mondhellem Hochlandsee. — He, Edmund Glencarne!

Glencarne.

Mylord.

Arundel.

Dein Wunsch ist schon erfüllt — die Kön'gin
Hat die Beschwerde schon.

Glencarne.

Ihr seid sehr gütig.

Arundel.

Es ist ein kleiner Stein für unsern Lord,
Drum werf' ich eilig ihn in seinen Weg:
Ein Mann aus dem Gefolge von Mylord,
Der sich so kecker That erdreistet hat —
Entführung nämlich und geheimer Ehe.
Die Kön'gin hört ungern von solchen Händeln.
Das wirft auch auf Mylord ungünst'gen Schein:
Denn wie die Diener, so der Herr.

3 *

Glencarne.

Ich hoffe
Auf die Gerechtigkeit, die hier am Throne
Die Wache hält.

Arundel.

Wo Frauen herrschen, Freund,
Da ist Gerechtigkeit nur eine Laune,
Wie hundert andre — besser ist's, du hoffst
Auf gnäd'ge Laune Ihrer Majestät.

Zweiter Auftritt.

Graf Leicester, Varney, Gefolge von Rittern treten hinten ein und
stellen sich im Vordergrund Arundel und seinem Gefolge gegenüber. —
Leicester und Arundel grüßen sich mit kurzer Kopfbewegung.

Varney.

Saht Ihr's, Mylord?

Leicester.

Was gibt's?

Varney.

Ein bös Gesicht
Dort im Gefolge Eures Widersachers.

Leicester.

Wer ist's!

Varney.

Ein Fluch zuerst, und dann sein Name.
Ihn führt der Teufel her, den wackern Glencarne.

Leicester.

Ihr fürchtet —

Varney.

Böse Klage und Beschwerde!

Glencarne (zu Arundel).

Das Glück ist heut' uns günstig, denn dort steht
Der schändliche Verführer.

Arundel.

Um so besser!

Varney (zu Leicester).

Unruhig wird mein Degen in der Scheide.

Glencarne (zu Arundel).

O, lieber noch als durch der Kön'gin Gnade
Verschafft' ich selbst mir Recht mit meinem Schwert!

Leicester (zu Varney).

Nur keine Uebereilung!

Arundel.

Halt, mein Freund!
Wir sind hier just nicht auf der Bärenjagd;
Sonst wär' ich selbst der erste, anzubinden
Mit diesem Wappenthier und seinem Schweif.

Dritter Auftritt.

Unter dem Vortritt von Pagen erscheint Königin Elisabeth mit ihren
Hofdamen und Hofherren. Leicester und Arundel so wie ihr Gefolge
verneigen sich. Elisabeth besteigt den Thronsessel. Leicester und die
Seinen zur rechten Seite des Throns. Arundel mit seinem Anhang
ihm gegenüber.

Elisabeth.

Mylords, ich habe euch hierher beschieden,
Weil eure Feindschaft unser Land erfüllt
Mit lärmender Parteiung, eure Scharen
Bis vor die Thore unsrer Hofburg selbst
Den Wogenschlag erhitzten Kampfes wälzen.
Mein Lord von Leicester, mancher Unbill zeiht
Man Euch und Euer Volk! — Mein Lord Arundel,
Raufbolde sind die Euren, wüste Burschen.

Arundel.

Fürwahr, wir haben tapfer uns gerauft
In Irland, Schottland gegen die Rebellen
Des Nordens — freilich, alles nur im Dienst
Von Eurer Majestät.

Elisabeth.

Ihr trotzt mir, Lord?
Ihr wagt's, an mich ein dreistes Wort zu richten?
Mein Lord von Leicester, der betroffen schweigt,
Wenn seine Königin ihn zürnend richtet,
Mög' Euch ein Beispiel sein; ich dulde nimmer
Die trotz'ge Ueberhebung der Vasallen!
Mit wilden Schwärmen zieht ihr durch das Land,
Bedrückt das Volk, bedroht der Städte Frieden.
Bin ich die Königin in diesem Reich?

Erfahren sollt ihr, daß dies Scepter nicht
In eine Spindel sich verwandelt hat!
Und jetzt verlang' ich, daß ihr euch, Mylords,
Versöhnt vor eurer Kön'gin Angesicht.

Leicester.
Die Majestät, die aller Ehre Quell,
Wird auch die Ehre der Vasallen achten.
Ich stell' sie unter ihren Schutz! Ich gab
Mit keinem Wort, mit keiner That dem Lord
Zur Klage Anlaß, bis er selbst mich tief
Beleidigt hat.

Arundel.
Gefiel' es nur dem Lord,
Zu sagen, wann und wie ich ihn gekränkt!
Ein jedes meiner Worte will ich stets
Mit meinem Schwert vertreten.

Leicester.
Und auch ich,
Mit der Erlaubniß meiner gnäd'gen Herrin,
Im Kampf zu Fuß, zu Roß, bei offnen Schranken.

Elisabeth.
Rebellen — solche Sprache ist ein Hohn
In diesem Saal, vor eurer Kön'gin Thron!
Versöhnt euch — oder fürchtet meinen Zorn!
Ich bitt', Arundel — ich befehle, Leicester!

(Arundel und Leicester zögern.)

Elisabeth.
Nun denn, ihr sollt erkennen, daß in mir
Das Blut der Tudor rollt.

(zu einem Offizier)

Die Wache — rasch —
Und eine Barke! — Demuth soll der Tower
Euch lehren, Lords, ich schwör's bei meiner Krone!

Leicester.

Nichts ist der Tower — alles deine Gnade!
Mit ihr allein verlör' ich Licht und Leben.
Hier meine Hand, Arundel!

Arundel.

Hier die meine!

Doch hoff' ich —

Elisabeth.

Halt! Kein Wort mehr! Es genügt,
Daß ich versöhnt euch sehe — heut wie immer!
Und euer Beispiel wird die Euren lehren,
Den Streit zu fliehn und jede kecke That.
Fürwahr, sie machten eure Thorheit sich
Zu nutze — Klagen drangen bis zu mir.

(vom Thron herabsteigend)

Mein Lord von Leicester, habt Ihr nicht in Euerm
Gefolge einen Ritter Richard Varney?

Leicester.

So ist es, Königin.

Elisabeth.

Man klagt ihn an,
Daß er die Tochter eines braven Mannes,
Des alten Sir John Robsart, freventlich
Aus Lidcoth-hall entführt hat. Doch was ist Euch,
Mylord? Ihr werdet blaß?

Leicefter.

Nichts, gnäd'ge Herrin.

Elifabeth.

Ich sende nach dem Arzt.

Leicefter.

Es geht vorüber.

Elifabeth.

Euch zürn' ich nicht; faßt Euch, Mylord! Zu hoch
Geht Euer Flug, als daß Ihr achten könnt
Auf das, was unten sich im Staube regt.

Arundel (zu Glencarne).

Ihm bringt es Heil, was andern tödtlich wird!

Glencarne.

Geduld, Mylord, noch ist das Spiel nicht aus!
Der blaue Himmel königlicher Gunst
Umflort sich rasch — seht nur, schon folgt die Flut
Der Ebbe.

Elifabeth (zu Leicefter.)

Welch beharrlich Schweigen, Lord!
Habt Ihr kein Wort für Eure Königin,
Kein Wort für ihre Sorge — ihre Gnade?
Wie, oder ist's nicht alles was ich weiß,
Und lauert ein Geheimniß noch im Dunkel?
Klar will ich sehn. — Wo ist der Richard Varney?

Varney (vortretend).

Er beugt das Knie vor Eurer Majestät.

Elisabeth.

Und wo der Kläger, dessen Klage Ihr
Mir eingesendet, Lord Arundel?

Glencarne (vortretend).

Kön'gin,
Mein Nam' ist Edmund Glencarne.

Elisabeth.

Und Ihr haltet
Die Klage aufrecht?

Glencarne.

Wort für Wort.

Elisabeth (für sich).

Fürwahr,
Seltsame Laune eines Mädchenherzens!
So stattlich ist der erste Bräutigam,
So edler Art, mit Wohlgefallen ruht
Das Aug' auf ihm — der andre aber hat
Im Blick den Dämon und das Abenteuer.

(zu Varney)

Ist's wahr, daß Ihr des Ritter Robsart Tochter
Entführt habt?

Varney.

Ja. Ich hatte mit dem Mädchen
Ein inniges Verhältniß.

Leicester (für sich).

O der Bube!
Vor aller Welt — und soll ich's dulden, nicht

Den Schleier des Geheimnisses zerreißen?
Doch wenn — nicht jetzt, nicht hier, nicht zum Triumph
Der Feinde!

Elisabeth (zu Varney).

Ein Verhältniß — immerhin;
Doch war dies so, warum denn batet Ihr
Nicht ihren Vater um der Tochter Hand?

Varney.

Er hatte Edmund Glencarne sie versprochen,
Dem würd'gen Edelmann, der hier bereit ist,
Die Wahrheit meiner Worte zu bestät'gen.

Glencarne.

So ist es, Königin.

Elisabeth.

Und du entführteft
Das arme Kind? Es folgte dem Entführer
Und machte seines Vaters Wort zur Lüge?

Varney.

Vergeblich wär's, vor einer Richterin,
Die nie dem Zug der Leidenschaft gefolgt,
Des Weibes Schwäche zu vertheidigen.

Elisabeth.

Du bist sehr dreist, mein Freund, und du verdienteft —
Bist du vermählt mit Amy?

Varney (nach einer Pause).

Ja, ich bin's.

Leicester.

Du lügnerischer Schurke!

Elisabeth.

Halt, gemach!
Noch bin ich nicht mit dem Verhör zu Ende,
Ich trete zwischen ihn und Euern Zorn.

(zu Varney)

Und wußte Euer Herr, der Graf von Leicester,
Von Euerm Abenteuer? Redet offen,
Mein Schutz ist Euch gewiß!

Varney.

So muß ich denn
Bekennen, daß der Lord allein die Schuld
An diesem ganzen Handel trägt.

Elisabeth.

Was sagt Ihr?

Leicester.

Verräther —

Elisabeth.

Keiner hat hier zu befehlen
Als ich allein! Und ich verlange, Varney,
Daß Ihr die Wahrheit ohne Zagen sprecht.

Varney.

Allmächtig ist der Wille meiner Kön'gin,
Und kein Geheimniß gibt's vor ihr — doch nur
Für sie allein ist's, was ich sagen will.

Elisabeth.

Was werd' ich hören müssen? Meine Lords
Und Damen, tretet zurück! — Nun rede, Varney,

Doch wäge deine Worte wohl! Verleumdung
Fällt auf dich selbst zurück.

Varney.

Seit langer Zeit
Versank Mylord in solch verlornes Träumen,
Ging einsam seinen Weg, in stiller Zwiesprach'
Mit allen Frühlingsgeistern, Sternen, Blumen,
So süß zerstreut, dem Leben abgewandt.
Da war's natürlich, daß in seinem Haushalt
Aufsicht und Ordnung fehlte, daß wir alle
Der Muße Zeit zu kecker Lust benutzten.
So konnt' auch ich dem Zug des Herzens folgen.
Das strenge Aug' des Herrn bewachte nicht
Das Treiben der Vasallen, und des Dienstes
Gewohnheit war gelockert.

Elisabeth.

Und dies ist
Die einz'ge Schuld des Lords?

Varney.

Die einz'ge. Seht nur,
Wie er verwandelt ist — so zaghaft bleich!
Wo bleibt die stolze Hoheit seines Wesens?
Und alles dies seit jener letzten Sendung —

Elisabeth.

Wie, eine Sendung? Und von wem? Und was
Enthielt sie?

Varney.

Unbekannt ist mir, von wem
Sie kam. Doch trägt mein Lord seit jener Zeit

Am Herzen eine Locke und ein Kleinod,
Ein halbes goldnes Herz. Oft hab' ich ihn
Belauscht, wie er's mit inn'ger Andacht küßte.

Elisabeth.

Neugieriger Vasall, der seines Herrn
Geheimstes Thun erspäht und schwatzhaft dann
Der Welt verkündet! Wißt Ihr etwa auch,
Von welcher Farbe jene Locke war?

Varney.

Ein Dichter möchte treffend sie vergleichen
Dem goldnen Faden von Minerva's Webstuhl;
Denn golden war dies Haar, dem Abendstrahl
Des schönsten Frühlingstages gleich.

Elisabeth.

        So seht
Euch um in diesem Kreise meiner Damen.
Ich will nicht in des Lords Geheimniß dringen;
Doch wissen möcht' ich, welche Locken hier
Dem goldnen Faden von Minerva's Spule
Und eines Maitags Abendstrahlen gleichen.
Ist eine Lady hier in diesem Kreis,
Die solch ein dichterisches Lob verdiente?

Varney (sich umsehend).

Ich finde — keine. Dort nur strahlt das Gold,
Wohin ich selbst nicht wagen darf zu sehn!

Elisabeth.

Doch wagt Ihr anzudeuten —

Varnen.

Königin,
Mich blendete der Strahl der Maiensonne.

Elisabeth.

Ihr seid ein Schelm!

(zu Leicester tretend)

Lord, Euer Varney ist
Ein treuer und ein aufmerksamer Diener —
Nur etwas zu gesprächig! Hütet Euch,
Je ein Geheimniß zweifelhafter Art
Ihm zu vertrauen; denn er plaudert's aus.

Leicester (vor Elisabeth kniend).

Und das ist seine Pflicht und Schuldigkeit,
Wenn seine Königin es ihm befiehlt.

Elisabeth.

Leicester, steht auf! Ich weiß, und wissen soll's
Mein ganzer Hof — nie einen treuern Diener
Besaß ein Fürst, als ich in diesem edeln Lord
Besitze.

(zu Glencarne)

Ich bedaure Euer Schicksal,
Das ich nicht ändern kann — die Lady ist
Vermählt!

Glencarne.

Belieb' es Euer Majestät,
Doch etwas näher nachzuforschen, ob —

Elisabeth.

Ungläubig sind wir alle, junger Mann,

Wenn's eine unwillkommne Kunde gilt.

(zu Leicester)

Mylord, ich ruf' Euch selbst zum Zeugen auf —
Die Lady ist vermählt mit Richard Varney.

Leicester (für sich).

Ich fluche dieser Stunde. (laut) Edle Königin;
Die Lady ist vermählt — ich kann's beschwören!

Glencarne.

Vielleicht ist meine Königin so gnädig,
Noch zu erfragen, wann, an welchem Ort
Die vorgegebene Heirath —

Elisabeth.

Habt Ihr nicht
Gehört, daß sich Mylord von Leicester selbst
Dafür verbürgt? So schwer zu überzeugen
Ist immer die gekränkte Leidenschaft.
O tröstet Euch — seit Trojas Zeiten gab
Es schöne Creßidas, und mancher Troilus
Seufzt nach der Ungetreuen! Laßt sie ziehn!
Doch meiner Huld seid Ihr gewiß und dürft
Mit jedem Wunsch vor meinen Thron Euch wagen.

(zu Leicester)

Ihr habt nach Kenilworth mich eingeladen;
Ich hoffe, Lord Arundel —

Leicester.

Ist als Gast

Mir hoch willkommen.

Arundel.

O, ich passe nicht
Zu heitern Festen; meine Stimmung ist
Verdüstert — trübe Wallung meines Bluts!
Laßt mich auf meines Hochlands öden Heiden
Den Bären jagen und die Disteln köpfen
Und einer Eidergans die Federn rupfen —
Das wär' so meine Laune jetzt!

Elisabeth.

Ich wünsche,
Mylord, daß Ihr mit all den Eurigen
Dem Gastgebot Lord Leicester's folgt.

Arundel.

Der Wunsch
Der Kön'gin ist Befehl für mich.

Elisabeth.

So möge
Der Geist des Friedens, der Versöhnung walten!
Seitdem der beiden Rosen Krieg beendet,
Schlingt um der Tudor Scepter sich vereint
Die doppelfarb'ge Zier; und niemand wecke
Noch einmal der Vasallen Streit! Im Herzen
Des meerumspülten Eilands herrsche Eintracht.
Dann bebt der Feind zurück von unserm Strand;
Das Scepter in der jungfräulichen Hand
Wird stolz, ein Dreizack, alle Meere zähmen,
Und, waltend über dem beglückten Land,
Mit seiner Blütenpracht den Lenz beschämen.

(Mit ihrem Hofstaat ab nach links, ebenso Arundel, Dunbar, Glencarne und das
Gefolge des Lord Arundel; das Lord Leicester's rechts im Hintergrund ab.)

———

Vierter Auftritt.

Leicester. Varney.

Leicester.

Ein Wort — du bist ein Unverschämter!

Varney.

Wie,
Mylord? Das hab' ich nicht verdient!

Leicester.

Du wagst es,
Mit meiner Amy Liebe dich zu schmücken,
Sie vor dem ganzen Hof dein Weib zu nennen?
Kaum hielt ich mich — ein jeder Nerv in mir
Erzitterte, ein heißes Schamerröthen
Flog über meine Wangen, und ich glaubte
Auf allen Zügen seinen Wiederschein
Zu sehn.

Varney.

Ihr konntet ja mich Lügen strafen,
Bekennen, daß die schöne Lady Robsart
In eine Lady Leicester sich verwandelt,
Ihr konntet dies, nicht ich! Ihr thatet's nicht,
Und das war klug, sehr klug. Ich zitterte
Schon vor der allzu hastigen Enthüllung,
Die Euch herabgestürzt von Eurer Höhe
In kurzer Frist von wenig Athemzügen.
Ihr wahrtet das Geheimniß — nun, Mylord!
So sind wir einverstanden, und es steht

Euch übel an, den gleichgesinnten Freund
Zu schelten.

Leicester.

   Allzu wahr! Das trifft ins Herz
Vergieb mir, Varney; all mein Wüthen galt
Mir selbst, dem Schicksal, dieser Höllenpein,
Der namenlosen Folter dieser Stunde!

Varney.

Es war ein Vorgeschmack von künft'ger Wonne.
Die Königin war gnädig wie noch nie;
Doch ihre Gnade muß zur Qual Euch werden.
Unsel'ge, sinnverrückende Gestirne!
Die Venus winkt mit Jupiter im Bund,
Der Stern der Liebe und der Herrschaft Stern.
Zu spät, zu spät!

Leicester.

Laß diese Grabeslieder!

Varney.

Und eine Königin wie diese — glänzend
Von Jugend, Geist und jedem Reiz der Macht,
Die Zierde Engellands, der Neid der Welt,
Auch ohne ihre Krone groß und herrlich,
Begehrenswerth, wie keine andere ist —
Bei Gott, warum ward ich so tief geboren,
Daß dieser Sonne Glanz für mich verloren!

Leicester.

Verloren ist sie auch für mich.

Varney.

Ihr glaubt?

4*

Ihr werft die Würfel fort vor einem Wurf,
Der Euch die Krone bringen kann!

Leicester.

Wozu
Der Ehrgeiz, der mich wie ein Fieber schüttelt
Auf diesem glatten Boden? Stilles Glück
Such' ich umsonst bei diesem heißen Wettlauf
Um Gunst und Gnade. Doch ich habe ja
Daheim die sichre Stätte ihm bereitet —
Zu ihr! Dorthin, wo ein Juwel mir funkelt,
Das selbst der Krone stolzen Glanz verdunkelt!

Varney.

Vergeßt es nicht, Mylord, die Königin
Wird Euer Gast in Kenilworth.

Leicester.

Ich weiß es.
Das reift mir den Entschluß. Ich habe heut
Mein holdes Weib vor diesem Hof verleugnet,
Wie eine Laune, wie ein rechtlos Glück;
Ich bin für solche Schmach ihr Sühne schuldig:
Und kommt die Königin nach Kenilworth,
So stell' ich ihr des Schlosses Herrin vor.
Bekennen muß Elisabeth, daß Leicester
Das Schöne wählt, das Liebenswürd'ge liebt.

Varney.

Ihr wagt das Aeußerste —

Leicester.

Und wenn ihr Zorn
Mit Einem Zauberschlag den Glanz vernichtet,

Der mich umgibt, mein Schloß in Trümmer legt,
Wenn meine Ehren fallen, fortgeweht
Wie welke Blätter von des Herbstes Stürmen:
Wo meiner Amy Liebe mich beglückt,
Da ist ein Zauberschloß, und unzerstörbar
Ein Glück, das alle Genien behüten!
Fort, fort von hier! In dieser Kön'gin Züge
Schlüpft der Sirene Lächeln, schlangengleich;
Es gleitet von der Stirn das Diadem,
Der Königsmantel von den Schultern nieder,
Die Königin ist Hülle nur und Lüge,
Und drunter glüht ein liebetrunknes Weib,
Das mit der Herrschaft einer Welt belohnt,
Wer ihr am Herzen ruht. Zu viel, zu viel!
Vor diesem Zauber muß ich fliehn, ich muß,
In meiner Amy Armen zu genesen.

Varney.

Und wenn der Kön'gin Zorn Euch trifft, Mylord,
Wenn Ihr von Eurer Höhe niedersinkt
Zu andern Sterblichen: wer bürgt dafür,
Daß Eure Lady ihrer Liebe Glück
Noch auf derselben Wage wiegt? Ihr seid
Dann nur noch wenig mehr als Edmund Glencarne,
Den sie verließ, um als Graf Leicester's Weib
Ein stolzer Los zu theilen.

Leicester.

Teufel!

Varney.

Glaubt
Nur nicht, daß Eure Lady solch ein harmlos

Und wunscheloses Kind ist, das mit Freuden
Im Schatten eines Pachthofs sich verbirgt,
An selbstgepflückten Früchten sich erquickt.
Hochstrebend ist ihr Sinn, ich kenne sie;
Und wär' der Thron von England frei, sie stiege
Am liebsten dort hinauf — an Eurer Seite.
Ihr zweifelt noch? Wie quält sie Euch, Mylord!
Warum genügt ihr nicht ein Liebesglück
Im Schatten, den beglückte Liebe sucht?
Sie will die Sonne und der Ehren Glanz.

Leicester.

Nach Cumnorplace! Mein Roß gesattelt, Varney!
Was du auch sagen magst — sie ist mein Weib.
Ich will von diesem Hofe fort, ich will!
Zu Pferd! zu Pferd!

Varney.

Ihr reitet ins Verderben.

Fünfter Auftritt.

Vorige. Kammerherr.

Kammerherr.

Mylord, die Königin ersucht Euch, hier
In diesem Saal zu warten.

Leicester verbeugt sich. — Der Kammerherr ab.

Varney.

Wohl, Mylord,
So prüft noch einmal den Entschluß! Ich harre

Im Vorgemach — wir reiten nicht, ich hoff' es.
So seltne Gunst verpflichtet. Wollt Ihr reiten,
Da steht ein stolzes Roß, schäumt ins Gebiß,
Ersehnt den Herrn — England! Da halt' ich gern
Den Bügel Euch und heb' Euch in den Sattel.
Im Liebesblicke einer Königin
Da liegt ein Königreich! Bedenkt es wohl!

(Varney ab.)

Sechster Auftritt.

Leicester (allein).

König von England — wie der Zauber lockt!
Zu meinen Füßen liegt das stolze Eiland,
Mir flaggen die entfernten Oceane!
Elisabeth und Leicester — dieser Namen
Verschlungnes Band glänzt in den Feuerzügen,
Die für Britaniens Triumphe flammen,
Und all die übermüth'gen Großen, die
Sich gleich mir oder höher dünken, neigen
Ihr Haupt vor mir! König von England — gibt's
Ein stolz'res Wort? Es ruft ein Echo wach
Von Pol zu Pol — und meine Pulse fiebern!
Europas Herrscher werben um die Krone;
Europas Herrschern wird sie stolz versagt —
Und mir — und mir! Streck' ich die Hand nur aus
Nach ihr, so ist sie mein! Doch ach, gebunden
Ist diese Hand! Hinweg mit der Verlockung,
Mit diesem bösen Zauber! Amy, Amy!
Beschütze mich mit deiner Augen Glanz,

Mit diesen sanften großen Kinderaugen!
Ich will in deiner Seele Heiligthum
Den Blick versenken und nichts schaun als dich!
Die Glorie der Majestät soll nicht
Verdunkeln dies ambrosisch holde Licht.
Licht meiner Träume und verschwiegner Wonne,
Dich schütz' ich krampfhaft vor dem Glanz der Sonne!

Siebenter Auftritt.

Elisabeth (ein Buch in der Hand). Leicester.

Elisabeth.

Ich hab' Euch schwer gekränkt, Mylord, ich fühl's;
Nicht ziemte mir das Mißtraun, das ich hegte.
Drum kam ich einmal noch zurück zu Euch,
Mich schuldig zu bekennen.

Leicester.

Königin!

Elisabeth.

Was Englands Königin aus Stolz verschuldet,
Elisabeth von Tudor will es sühnen.
O diese Krone, die mir Gott gegeben,
Sie lastet oft zu schwer auf meinem Haupt,
Und ich erschrecke vor dem Stolz der Hoheit,
Die nicht mein Recht allein, auch meine Pflicht!
Ich möchte Demuth lernen, Leicester, Demuth —
Das ist ein kranker Nerv in meiner Seele —

Als Sklavin fühlen eines fremden Willens
Gewalt, und so im Rausche selbstgewählter
Erniedrigung zu schwelgen, steht als Glück
Mir lockend vor der Seele. Dies Geständniß —

Leicester.

Bewahr' ich in der tiefsten Brust.

Elisabeth.

Es sei
Die Sühne für den harten Ton der Herrschaft,
Der Euch verletzte.

Leicester.

Längst vergessen ist
Dies Wort — doch unvergessen bleibt das Lob,
Das meine Kön'gin vor dem ganzen Hof
Mir zollte.

Elisabeth.

Leicester, Ihr verdient dies Lob,
Weil Ihr bescheiden seid — trotz meiner Gunst.
Seht her, das sind die Märchen des Ovid.
Ich liebe das Latein, es knüpft daran
Sich manch Erinnern, das mir theuer ist.
Da las ich von dem Flug des Ikarus,
Dem in der Sonne schmolz sein Flügelpaar
Von Wachs; ich las von Phaeton, dem Kühnen,
Der selbst die Sonnenrosse lenken wollte
Und in den Abgrund stürzte — alte Märchen,
Aus denen warnend sich ein Zeigefinger
Erhebt für alle Zeiten — nicht für Euch;

Ihr seid kein Phaeton, kein Ikarus,
Ihr wagt nicht den vermeſſnen Flug zur Sonne!

Leicester.

Ich bin beglückt, wenn nur ihr Strahl mir winkt.

Elisabeth.

Und doch — auch andre Märchen, süßer Art,
Verkündet uns die Sage alter Zeiten:
Göttinnen steigen vom Olymp hernieder!
Wie süß die Mär' von Venus und Adonis,
Wie sinnverlockend! Der Triumph der Schönheit,
In eines Jünglings edler Form verkörpert,
Läßt selbst den Himmlischen nicht Ruh! O Leicester,
Das iſt ein Märchen, das den Sinn entzückt!
Gäb's solch ein selig Eiland? O wie schwach
Der Zauberstab der Königin von England!
Bewacht von Millionen Augen, darf
Sie nimmer träumen, nimmer glücklich sein.

Leicester.

Elisabeth, wenn des Vasallen Treue —

Elisabeth.

Sie iſt erprobt — und doch — ein kaltes Wort!
Ich werd' es nie vergeſſen, daß Lord Leicester,
Als ich gefangen saß in ſchwerer Haft,
Der einsamen verlaſſenen Prinzeſſin
Sein Leben, ſeine Ehre weihte. Schmach
Auf meine Krone, wenn ich's je vergäße!
Zu meinem Ritter haſt du dich gemacht,
Als dunkel noch mein Schicksal war — jetzt theile
Auch seinen Glanz, der Nächſte meinem Thron!

Leicester.

Nur deinem Thron?

Elisabeth.

Der Nächste meinem Herzen.

Leicester.

Elisabeth — o du beseligst mich
Mit namenlosem Glück!

Elisabeth.

O du bist zart,
Und du verlangst sie nicht, die Hand der Kön'gin.
Ich kämpfe einen schweren Kampf, mein Dudley;
Doch wie er sich entscheide — zweifle nie:
In meinen Träumen bleibst du mein Adonis,
Und meine Hoheit schmilzt vor deinem Blick!
Und wenn ich jetzt nach Kenilworth dir folge,
Zeig' ich dem ganzen Volk, wie hoch du stehst
In meiner Gunst.

Leicester.

Und prangen soll mein Schloß
In jedem Festeszauber dir zu Ehren.
Die Sterne riss' ich los vom Himmelszelt,
Um dir ein schönres Diadem zu winden,
Als deine königliche Stirne schmückt!

Elisabeth.

O, lieber einen Kranz von Blumen, Leicester,
Gepflückt im Waldesdickicht!

Leicester.

Theure Pflicht,
Zu knien vor einer Königin; doch süßer,

Zu knieen vor der Jugend, vor der Schönheit,
Und vor dem Geist, der eine Krone adelt!
Was wollt' ich mit dem funkelnden Gestirne?
Es wär' ein todter Schmuck für dieses Haupt.
Um diese Stirne leuchtet ja die Pracht
Der höchsten Mächte, die das Leben schmücken:
Dem Feind ein Blitz ist deines Scepters Macht;
Und deine Gunst — ist tödtliches Entzücken!

Elisabeth.

Vasall, steh' auf! Die Zeichen meiner Herrschaft
Sind nur ein Spiel in deiner Hand! Doch daß
Ich auch vor allem Volk mein Mißtraun sühne,
Erwart' ich, daß dein Richard Varney mir
Sein Weib vorstellt in Kenilworth — ich will's —
Zur glänzenden Beschämung deiner Feinde.
O, widersprich mir nicht; ich schuld' es dir!
Und jetzt leb' wohl! Laß deine Rosen blühn,
Laß deine Nachtigallen selig schmettern!
Drei Tage Frühling wird der Himmel doch
Der Königin von England noch vergönnen.

(Elisabeth ab.)

Leicester (allein).

Die Krone winkt — He, Varney, Varney!

Varney tritt ein.

Leicester.

Wir reiten nicht nach Cumnorplace.

Varney.

Ich dacht' es.

Es ist weit besser so.

Leicester.

Nur du allein
Begibst zur Lady dich mit ein'gen Zeilen
Von mir, die deine Sendung ihr beglaub'gen.
Sie soll nach Kenilworth dir folgen als
Dein Weib.

Varney.

Mylord — Gott gebe, daß sie folgt!

Leicester.

Die Königin verlangt es, sie zu sehen,
Und Amy wird und muß begreifen, daß
Für jetzt ein andrer Ausweg nicht zu finden.
Ich aber, Varney, seh' die Welt verzaubert
Im unbegreiflich ahnungsvollen Traum.
Verschlungen ist der Knoten meines Schicksals,
Doch löst ihn eine milde Macht im stillen.
Ich fühl's — o süßer Rausch des Augenblicks!
Unmögliches bequemt sich meinem Willen,
Und wieder bin ich Meister des Geschicks.

(Leicester ab.)

Varney (allein).

Du irrst! Doch geht es trefflich. Hin zu ihr!
Sie als mein Weib — sie soll mich lieben lernen!
Sie wird mein Weib, bei allen bösen Sternen!

(Varney ab.)

Der Vorhang fällt.

Dritter Aufzug.

Garten bei Cumnorplace; dichter schattiger Baumwuchs. Im Hintergrunde die Mauer mit einer verschlossenen Pforte, links der Eingang in das Schloß, rechts eine Laube.

Erster Auftritt.

Janet. Harvey.

Harvey.

Halt, Kleine!

Janet (mit einer Gießkanne).

Laßt mich!

Harvey.
Laß die Blumen warten,

Sie haben Zeit.

Janet.

Und Ihr?

Harvey.

Zeit hab' ich auch,
Ich leug'n es nicht. Zwar Richard Varney hat
Den Schutz von Cumnorplace mir anvertraut
Mit ein'gen Wohlbewaffneten, damit
Der kecke Schotte nicht zum zweiten mal
Mit seinem Schwert hier drohe.

Janet.

Ja wir sind
Hier jetzt genug beschützt.

Harvey.

Und nöthig war's;
Denn deines Vaters dicke Bibel mag
Wol eine gute Wehr und Waffe sein,
Um Satan fortzuscheuchen, wenn er naht,
Doch gegen Sterbliche von Fleisch und Blut
Vermag sie nichts. — Nun sitz' ich auf der Wacht
In diesem Winkel, wo nur Fledermäuse,
Blindschleichen und solch häßliches Gethier
Ein wenig Leben in die Schöpfung bringen.

Janet.

So, bin ich eine Fledermaus?

Harvey.

Du läßt
Mich nicht zu Ende sprechen. Ohne dich
Wär's zum Verzweifeln hier — das grade war's,

Was ich dir sagen wollte. Du allein,
Ein dralles, holdes, köstliches Geschöpf —

Janet.

Nur sachte, Michael — seid Ihr auch nüchtern?

Harvey.

In deiner Nähe nüchtern? Nimmermehr!
Der Sect hat keine Macht mehr über mich,
Ich habe sie vernichtet; Glas und Faß,
Mir gilt es gleich — ganz gleich — und so behaupt'
Ich meine Menschenwürde. Doch bei dir
Bin ich berauscht — von deinem Anblick schon —

Janet.

Was weiter noch? Das wird auf immer dir
Genügen müssen!

Harvey.

O, mein sprödes Kind,
Das findet sich! Ich bin durch alle Zonen
Gewandert; schwarze, weiße, braune Schönen
Hab' ich geliebt — und stets hat sich's gefunden.
Ein schlechter Kriegsmann, der nicht Beute macht.
Janet von Cumnorplace, ich leg' auf dich
Beschlag.

Janet.

Nehmt Euch in Acht!

Harvey.

Du hast mein Herz
Erobert — das ist wenig; so erobre

Ich dich dafür — und das ist viel, das ist
Zum wenigsten genug. Komm an mein Herz!

Janet (ihn mit der Gießkanne bespritzend).

Da hast du Kühlung für der Liebe Glut!

Harvey.

Verwünschte Wassernixe!

Janet.

Schüttle dich,
Mein Pudelchen, und apportir' wo anders;
Hier scheitern deine Künste!

———

Zweiter Aufzug.

Vorige. Foster.

Foster.

Welch' ein Treiben!
Was gibt's?

Janet.

Die Wache stürmt das Schilderhaus.
O, wir sind gut bewacht!

Harvey.

Daß dich —

Foster.

Das ist
Ein waffenklirrender Tumult bei uns,
Seitdem mein wackrer Freund mit seinen Scharen

Das Schloß beschirmt! — He, Michael, versammle
Die Deinen, und mit blankgeputzter Wehr;
Denn Richard Varney kommt noch heut hierher,
Wie er in einem Schreiben mir verkündet.
Lord Leicester selber geht nach Kenilworth.

Janet.

Nach Kenilworth?

Foster.

Die Königin ist dort
Sein Gast — Gott segne sie!

Harvey.

Und Richard Varney
Kommt heute noch?

Foster.

Ja heute, Tagedieb,
Der du nicht wandelst, wo Gerechte wandeln!
Drum sieh dich vor; denn fehlt's an Zucht und Ordnung,
Geht Varney strenge ins Gericht mit dir!

Harvey.

Abscheulich — grade heute! Einer ist
Auf Urlaub just im Bären, und der zweite
Schläft irgendwo im Grünen: o, wer hält
Zusammen diese lockeren Gesellen!
Hollah! Hollah! (pfeift) Den einen muß ich wecken,
Ich falle über ihn, ich hoff's. Hollah!
Verwünschte Zucht! Der Teufel halte Ordnung
Mit solchen Wegelagerern! Hollah!

(geht pfeifend ab.)

Foster.

Ein wilder Bursch! Hoffart und Weltlust sind
Mit ihm in diese Hallen eingezogen.

Janet.

Und sprachst du wahr, die Kön'gin ist der Gast
Lord Leicester's?

Foster.

Prächt'ge Feste stehn in Aussicht.

Janet.

Und Varney kommt?

Foster.

So ist's. — Ich plaud're hier,
Und habe noch für dem Empfang zu sorgen;
Drum eilends in den Keller! Richard Varney
Trinkt gute Weine gern.

(Foster ab.)

Janet.

Er kommt gewiß,
Nach Kenilworth die Herrin abzuholen.
O, das wird herrlich, zum Entzücken sein —
Die schönen Feste!

Dritter Auftritt.

Amy. Janet.

Janet (zu Amy).

Freut Euch, gnäd'ge Herrin,
Denn Richard Varney kommt.

Amy.

Wie, Richard Varney!

Janet.

Er wird gewiß nach Kenilworth zu all
Den Festen uns geleiten.

Amy.

Welche Feste?

Janet.

Die Königin ist dort!

Amy.

Die Königin?
Und Richard Varney kommt, und nicht der Lord?
Bin ich die Herrin nicht von Kenilworth?
Und ziemt's dem Lord nicht, dort mich einzuführen?
Elisabeth ist unser Gast — nicht seiner!
Nicht Varney hat ein Recht, mich zu geleiten.

Janet.

Doch wenn's der Lord befiehlt —

Amy.

Die Lady Leicester
Braucht nicht vor seinem Willen zu verstummen;

Er selbst hat sie so hoch gestellt, er darf
Sie nicht erniedrigen.

Janet.

Doch wenn er endlich
Die Kerkerthüren öffnet, Euch hinein
Ins große Leben führt —

Amy.

Er führe mich
An seiner Hand hinein, ich dank's ihm innig.
Janet, Janet, oft ruht die Einsamkeit
Wie eine allzu schwere Last auf mir!
Oft kommen Augenblicke über mich,
Wo ich hinaus mich sehne, nur hinaus,
Nur das Gefühl der Freiheit mir zu geben —
Und sei's auf einen Tag! O Janet,
Du hast die Schlüssel hier zur Gartenthür.

Janet.

Mylady, nimmer täusch' ich das Vertrauen,
Das mir mein Vater schenkt; verzeiht, Mylady,
Es würd' Euch selber nicht zum Heil gereichen!
Euch liebt der Lord — Ihr wolltet ihn betrügen,
Verrathen?

Amy.

O ich fühl's, ich bin gefangen,
Und alle sind im Einverständniß — alle!

Ein Pfiff von außen.

Janet.

Das ist schon Richard Varney.

Amy.

Nein, o nein,
Das ist mein Lord — er muß es sein, er muß!
Nach solcher freudlos langen Einsamkeit
Bringt er mir die Erlösung, er allein,
Und führt mich selbst vor seine Königin
Und in sein Fürstenschloß; und im Triumphe,
Der leicht geflügelt über Wolken schwebt,
Vergeff' ich all die dumpfen bangen Stunden!

———

Vierter Auftritt.

Vorige. Foster. Varney (links aus dem Schloß).

Foster.

Hier ist die Lady.

Amy.

Varney — o mein Gott,
Er ist es nicht!

Varney.

Laßt uns allein!

Amy.

Janet,
Du bleibst im Garten und in meiner Nähe!

Foster nach links, Janet nach rechts in den Garten ab.

Varney.

In tiefer Ehrfurcht nah' ich Euch, Mylady,
Lord Leicester sendet mich mit wicht'gem Auftrag.

Amy.

Ihr seid willkommen, wenn der Lord Euch sendet.

Varney.

Wie freu' ich mich, Mylady, Euch so frisch
Und blühend zu begrüßen, dieses Gartens
Duftreichste Rose!

Amy.

Euer Auftrag, Sir!

Varney.

Wie glücklich sind des Himmels Lüfte, welche
Mit dieser Lockenfülle spielen dürfen!
Glücklich die Blüte, die, vom leisen Wind
Gelöst, sich betten darf im üppigen
Gelock der Schönheit!

Amy.

Euer Auftrag, Sir!

Varney.

Der Blumen Athemzug erfrischt die Luft;
Wo Schönheit athmet, ist die Welt verzaubert.

Amy.

Zum letzten male, Sir, was bringt Ihr mir?

Varney.

Beweisen wollt' ich nur, daß ich den Schatz
Zu würd'gen weiß, den mir der Lord vertraut.

Amy.

Ihr meint —

Varney.

Es ist Mylords Befehl, daß ich
Euch nach dem Schloß von Kenilworth geleite.

Amy.

Unmöglich!

Varney.

Diese düstern Mienen, Lady,
Wie deut' ich sie bei so willkommner Kunde?
Wie oft verklagtet Ihr die Einsamkeit,
Die hier Euch wie des Kerkers Bann umfängt.
Jetzt schlägt der Freiheit Stunde, und Ihr grüßt
Sie nicht entzückt, und dankt nicht dem Befreier?

Amy.

Nur meinem Lord will ich die Freiheit danken.
Warum löst er nicht selber diesen Bann?

Varney.

Der Wunsch der Königin — die Staatsgeschäfte —
Die Vorbereitungen zu all den Festen —

Amy.

Ich bin es müd', so wie ein Weib vom Troß
Einherzuziehn mit dem Gefolg.

Varney.

Ich habe
Den schönsten weißen Zelter mitgebracht,
Ein Sonnenroß — und wenn Ihr's erst besteigt,
So zieht ein strahlend Wunder durch das Land,
Und alles beugt sich solcher Glorie!

Amy.

O, werthlos ist die Glorie, wenn nicht
Mylord mein Sonnenroß am Zügel führt!
Euch folg' ich nicht.

Varney.

    Ich hab' Euch nur bisher
Die Hälfte meines Auftrags mitgetheilt.
Die andre ist noch dringlicher. Lord Leicester
Verlangt, daß Ihr nach Kenilworth mir folgt,
Um dort der Königin — ich sag's mit Zögern —
Als — meine Gattin vorgestellt zu werden.

Amy.

Du lügst! Du lügst! Das ist nicht Leicester's Wille!

Varney.

So mag Euch dieser Brief die Wahrheit lehren.

    (übergibt Amy ein Schreiben.)

Amy.

Es sind die Züge meines Lord und Herrn;
Doch was hier steht, kann nicht sein Wille sein.
Es ist ein Trug, der mir den Blick verschleiert!
Die Lady Leicester's — Gattin eines Varney!

Varney.

Ha, Ihr verachtet mich. Warum? Weil ich
Kein Lord bin, weil mich neidisch das Geschick
Nicht auf des Lebens Höh'n gestellt? Und doch
Empfind' ich glühender als mancher Höfling
Von hundert Ahnen, und — ich bin ein Mann,

Der eine Leidenschaft zu hegen weiß
So wie ein theures unschätzbares Gut!

Amy.

Das wagt Ihr mir zu sagen?

Varney.

Fort die Maske
Des treuen Dieners! Wollt Ihr mich verrathen —
Ich straf' Euch Lügen, und mir glaubt der Lord.
Fort mit dem Sclavensinn, der für den Andern
Das Wild in das Gehege treibt! O nein,
Ein Jäger bin ich selber vor dem Herrn
Und freu' mich eigner Beute. Ja, Mylady,
Nur der verdient Euch, der in Erd' und Himmel,
Im weiten Reiche der Natur nichts kennt,
Was ihn begnad'gen kann, als Euch allein.

Amy.

Starr macht mich dieses Frevelwort!

Varney.

Nicht jener,
Der nach der Krone strebt, berauscht, entzückt
Von ihrer jugendlichen Trägerin.
Ihn lockt ein andrer Preis — o gebt ihn auf,
Ihr hemmt nur seinen Weg —

Amy.

Ich bin sein Weib.

Varney.

Geschieden, seid Ihr mein! O eilt zur Scheidung;
Ihr spart Euch viele Thränen, denn ein großes

Geschick geht unaufhaltsam seine Bahn,
Und Herzen sind der Einsatz, wo der Wurf
Um Kronen geht. Ich aber liebe Euch
Um Eurer selbst, um Eurer Schönheit willen,
Und Euer Anblick schon ist mir ein Rausch,
Und jeder Reiz prägt einen süßen Wunsch
Mir brennend in die Seele! Laßt ihn gehen,
Laßt den Verblendeten ein Diadem
Begehren, das von Haupt zu Haupt gewandert,
Der Tudors blutbefleckten Königsreif.
Die Krone, die mich lockt, tragt Ihr allein!
Da funkelt jeder Reiz ein Edelstein,
Ambrosisch leuchtet der verklärte Leib,
Der Schöpfung Krone — ein entzückend Weib!

Amy.

Hernieder, Sklave, in den Staub! Ich will's,
Ich, deine Herrin, will's!

Varney.

Doch Euer Herr
Und meiner spricht: folg' mir nach Kenilworth,
Und als mein Weib. Er meint's zum Schein; wie weit
Ich diesen Schein bewahre, steht bei mir.
Ihr seid in meiner Macht auf seinen Wunsch.
Verdammt ihn, der in meine Hand Euch gab,
Der Euch von seinem Herzen losgerissen
Und Euch verstieß zum niederen Vasallen;
Verdammt mich nicht, der wie ein Trunkener
Von Liebe stammelt und die Welt vergißt,
Ein Rasender, der Eure Huld und Gunst
Erfleht, erstürmt, der sie erringen muß,

So wahr's auf Erden einen Himmel gibt,
Für den man alle Ewigkeiten opfert!

Amy.

Hinweg, Verblendeter! Zu Hülfe! Zu Hülfe!
Janet! Janet!

Janet (stürzt von links herein).

Was ist geschehn, Mylady?

Amy.

Hier der unsel'ge Frevler — seinen Lord
Betrügt er — und mich selbst — mit frechem Antrag!

Varney (eine weiße Rose pflückend).

So überreizt, Mylady? Darf ich nicht
Mit stiller Huldigung der Dame nahn,
Die Ritterpflicht zu schützen mir gebietet?
Ich darf's vor aller Augen, und ich reiche
Euch diese weiße Rose dar; sie schmücke
Die Schönheit meiner Herrin!

Amy.

Heuchler! Heuchler!
Er wagt zu sagen, daß Lord Leicester ihn
Beauftragt habe, mich nach Kenilworth
Zu führen, mich dem ganzen Hofe dort
Für seine Gattin auszugeben, wagt's,
Mir diesen Brief mit der erlognen Handschrift
Zu überreichen, wo der Lord Unwürd'ges
Befiehlt, was Schmach für ihn zugleich und mich —
Und alles nur, um eignen Wunsch zu fördern
Und eigne Leidenschaft!

Varney.

O, Ihr seid schön
In Euerm Zorn, wie eine Priesterin,
Die, trunken von des Gottes Offenbarung,
Der Welt ein ungeahntes Wunder kündet!

Amy.

Hätt' ich von ihr den Blitz, Euch zu zerschmettern!
Doch so zerreiß' ich diesen Brief der Schmach,
Und in die Lüfte streu' ich seine Lügen.

(zerreißt den Brief)

Wär' ich ein Mann nur einen Augenblick,
Stünd' Euch auf Schwerteslänge gegenüber:
Vernichten würd' ich Euch, und diesen Schimpf
Mit blut'ger Schrift ins Angesicht Euch zeichnen!
Nie folg' ich Euch nach Kenilworth; eh' schlingt
Die Erde dieses Schloß in seine Tiefen!
Du aber such' wo anders deinen Raub,
Denn deine Stelle ist hier tief im Staub!
Hohnlachen dir! Mein Fuß auf deinen Nacken!

(Amy und Janet ab ins Schloß.)

———

Fünfter Auftritt.

Varney allein. Gleich darauf Foster.

Varney.

Sie folgt mir nicht, verlacht mich übermüthig!
Zahm sollst du werden! — Foster! Foster!

Foster tritt auf.

Varney.

Höre!
Die Königin verlangt, in Kenilworth
Die Lady Leicester selbst zu sehn, und zwar
Befahl der Lord, daß ich als meine Gattin
Am Hof sie zeige —

Foster.

Solche kleine List
Ist wol erlaubt, wenn sie zum Guten führt;
Hat Abraham doch Sarah ausgegeben
Für seine Schwester in Aegyptenland.

Varney.

Sie weigert sich, zu folgen — wohl, sie bleibe,
Doch gut bewacht! Und daß dies vor der Kön'gin
Entschuldigt werde, muß die Lady hier —
Erkranken.

Foster.

Wie, erkranken?

Varney.

Nicht zu schwer,
Bedenklich nicht.

Foster.

Durch welche Zauberkunst?

Varney.

Der Astrolog des Grafen ist vertraut
Mit den geheimen Kräften der Natur,
Der Wirksamkeit der Blumen und der Steine;

Er gab mir dieses Pülverchen. Ihr mischt es
In ihren Trank — es lähmt auf längre Zeit
Des Lebens Freudigkeit.

Foster.

Ich sollte —

Varney.

Was,
Bedenken? Nehmt mein Ritterwort, es ist
Ganz unbedenklich, schafft ein folgenlos,
Vergänglich Leiden.

Foster.

Wenn man Euch getäuscht!

Varney.

Er bürgt mit seinem Leben — zögert nicht!
Lord Leicester gab mir Vollmacht, alles ist
Vorher bedacht, und für der Lady Weigrung
Gab's dieses Mittel nur.

Foster.

Wohlan, es sei!
Rühmt mich dem Lord —

Varney.

O zweifelt nicht, er schenkt
Euch Cumnorplace zum Lohn für Eure Dienste.

Foster.

Gut ist's, der Weiber stolzen Sinn zu beugen;
Denn gleichwie Motten aus den Kleidern kommen,
So kommt nur Böses von den Weibern.

Varney.

Schreibt

Den Brief schon jetzt, der unsrer Lady Krankheit
Bezeugt, ich nehm' ihn mit nach Kenilworth;
Denn Euer Wort ist mir damit verpfändet.
Ruft Harvey; thut es bald, was ich befahl!

Foster ab.

Varney.

Bin ich denn schwarz wie Hölle, hassenswerth,
Daß sie mich so verschmäht? Sie soll es büßen!
Und sollt' ich Berge wälzen zwischen sie
Und ihren Lord — mir muß sie angehören!

——————

Sechster Auftritt.

Varney. Harvey.

Varney.

Wo war die Wacht, als ich das Haus betrat?
Ich melde dies dem Lord, und sei gewiß,
Daß er dich strafen wird wie du's verdienst!
Verdopple deine Vorsicht, oder fürchte
Das Aeußerste — du und die wackern Burschen,
Die deiner Fahne folgen! Schweig, Geselle,
Ich brauche keine Antwort — und gehorche!

(Varney ab.)

Harvey (allein).

Der Degen in der Scheide regt sich mir

Vor Ungeduld bei so hochmüth'gem Ton.
Fluchwürd'ge Dienstbarkeit! O könnt' ich mir
Auf eigne Faust jetzt einen Gegner suchen:
Ich wüßt', wo er zu finden ist!

Siebenter Auftritt.

Harvey. Janet.

Harvey.

Da kommt sie.
Mir ist zu Muth, als wenn der Frühling mir
Jetzt Blüten streute auf den Lederkoller.
Mein reizend Kind!

Janet.

Sacht, sacht!

Harvey.

Du fliehst mich nicht?
Du lächelst mir? Da ist mein Zorn verschwunden.
Zehntausend Donnerwetter noch einmal,
Ein Regenbogen tanzt mir vor den Augen!

Janet.

Es soll dir jetzt nichts vor den Augen tanzen,
Sei diesmal möglichst nüchtern, guter Freund.

Harvey.

Ei, „guter Freund" — das streichelt meine Seele
Mit Sammetpfötchen! Darf ich diese Hand —

Janet.

O nein, noch darfst du nichts! Der Frauen Gunst
Will ritterlich verdient sein, und noch mehr
Die Gunst — der Kammerzofen.

Harvey.

Glaubt' ich doch,
Das wäre nicht so schwierig.

Janet.

Glaubtest du's,
So beſſre deine Einſicht.

Harvey.

Einen Kuß
Auf deine Lippen drücken —

Janet.

Halt, mein Freund,
So weit ſind wir noch lange nicht.

Harvey.

So weit?
Sonſt fang' ich in der Regel damit an.

Janet.

Hier gilt kein Straßenraub — und überhaupt.
H i e r wirſt du nimmer einen Kuß erhalten.

Harvey.

Hier nicht? Wo denn, mein Schatz?

Janet.

In Kenilworth.

Harvey.

In Kenilworth? Ja wie versteh' ich das?
Und hab' ich recht verstanden, oder dreht
Sich mir die Welt im Kreis? Drei Flaschen Sect,
Mehr trank ich heut noch nicht — ich nenn' es kosten;
Mein Geist ist klar; ich bin in Cumnorplace
Hier unter diesen alten Apfelbäumen;
Ich spreche mit Janet, dem kecken Mädchen
Mit blauen Augen, semmelblondem Haar
Und einem röthlichen Korallenmündchen;
Noch kann ich alle Farben unterscheiden,
Mir schwimmt's nicht vor den Augen — Kenilworth,
Was soll das hier?

Janet.

Hör' mich, mein lieber Freund.
Laß uns gemeinsam handeln!

Harvey.

Ach, wie gerne!
Das wünsch' ich nur.

Janet.

Still jetzt, du Bärenhäuter!
Laß deine Tatzen aus dem Spiel, und höre!
Die Lady muß nach Kenilworth —

Harvey.

Die Lady?

Janet.

Sie muß. Denn Varney hat sie schwer gekränkt
Und hält sie jetzt gefangen, daß sie nicht
Sich bei dem Lord beklage.

6*

Harvey.

Tod und Teufel!
Könnt' ich ihm an den Hals —

Janet.

Du kannst es, kannst
Mylord den größten Dienst erweisen. Sieh,
Vor einer Stunde noch hätt' ich mich selbst
Verabscheut, wenn ich dieses Gartens Schlüssel
Zur Flucht vertraut den Händen meiner Lady.
Jetzt ist es anders; seit ich selbst gesehn,
Wie sie mishandelt wird, und wie der Lord
Davon nichts hören darf, bin ich entschlossen;
Ich täusche selber meines Vaters Vorsicht.

Harvey.

Du Schelm! Ich muß dich in die Wangen kneifen;
Du hast hier Grübchen, wo die Schalkheit lauert
Und reizender Betrug.

Janet.

Laß jetzt die Grübchen,
Und hilf dem Varney eine Grube graben!
Wir brauchen Pferde und Geleit.

Harvey.

Den Teufel!

Janet.

Ein Dienstmann unsers Lords muß uns geleiten,
Sonst finden wir in Kenilworth nicht Zutritt;
Mit einem Wort, du bist der rechte Mann:
Du drückst nicht blos ein Auge zu —

Harvey.

Potz Blitz!
Das thu' ich nicht, wenn du daneben stehst.

Janet.

Nein, du geleitest uns nach Kenilworth.

Harvey.

Das wär' schon alles gut und schön — wenn's nur
Nicht Galgen gäbe!

Janet.

Galgen?

Harvey.

Ja; denn Varney
Spaßt nicht. Er drohte schon mit harter Strafe
Weil meine Mannschaft nicht an ihrem Platz;
Verlass' ich meinen Posten gar — ich schwebe
Dann zwischen Erd' und Himmel.

Janet.

Blöder Thor!
Ich zeige dir den Weg zu deinem Glück:
Mit Richard Varney ist es dann zu Ende;
Der Lord belohnt dich fürstlich, gibt vielleicht
Dir Varney's Stelle für den großen Dienst,
Den du ihm kühn erweist.

Harvey.

Das klingt schon besser!
Doch darf ich dir vertrauen?

Janet.

Tödtlich sind
Für Varney unsre Waffen.

Harvey.

Und du selbst!

Janet.

In Kenilworth — den ersten Kuß.

Harvey.

Potz Wetter!
Ich lass' die Rosse satteln, sei es drum!
Kann ich mich an dem Uebermüth'gen rächen,
Und wird die Rache noch durch dich versüßt,
Was brauch' ich da zu zaudern? Schlimmsten Falls
Schlag' ich mich durch mit meinem Schwert! — Es dunkelt.
Soll's heute noch geschehn?

Janet.

Noch diesen Abend.
Zwei Pferde — für die Lady und für mich!

Harvey.

Eins ist genug; ich nehm' dich vorn aufs Roß,
Und wenn's bei Mondschein durch die Wälder geht,
Die Pferde über Eichenwurzeln straucheln —
Dann halt' ich dich in meinen Armen fest.

Janet.

Ich will ein Pferd für mich!

Harvey.

Hoho! So spröd?
Nun, meinethalben; doch ich schwör' dir's zu,
Du sollst den ungestümen Rappen haben,
Und ohne meine Gerte, meine Sporen

Und — meine Arme bist du doch verloren.
Trara! Trara! Das ist ein Abenteuer!
Hindurch, und regnet's auch vom Himmel Feuer.
Den Mantel über'n Kopf, seins Liebchen drunter —
Und in die Hölle geht's dann frisch und munter!

(Harvey ab.)

Janet (allein).

Und dann — um deinen Preis bist du betrogen!
Gefährlich ist's, dem Bären in den Rachen
Den Kopf zu stecken: doch, was mir auch drohe,
Ich kann nicht anders. Meine Lady rett' ich
Um jeden Preis, denn hier ist sie verrathen!

Achter Auftritt.

Janet. Foster, ein Glas in der Hand.

Foster.

Janet!

Janet.

Mein Vater —

Foster.

Wenn die Lady wieder
Wie neulich klagt, daß ihr Beängstigungen
Den Athem rauben, gib ihr diesen Trank,
Er ist nach dem Recept des Lords gebraut

Janet.

Nach dem Recept des Lords?

Foster.

Und Barney gab
Mir den Befehl.

Janet.

Zeig' her den Trank! Wenn er
Von Barney kommt, so mag der Satan ihn
Credenzen.

Foster.

Lästre nicht, mein Kind!

Janet
(das Glas ausschüttend und wegwerfend).

Die Erde
Schlürf' ein dies Gift; und wie dies Glas in Scherben,
Zerbrech' der Frevel!

Foster.

Halte ein, was thust du?

Janet.

Das Rechte nur. O, daß mein eigner Vater
Zum Werkzeug sich für schnöde Thaten leiht!

Foster.

Ich schwör' dir's zu, mein Kind —

Janet.

Mich sollst du nie
Zum Schergendienst gewinnen! Schwöre nicht!
Denn nicht geheuer ist's mit diesem Trank.

Foster.

Nichts Arges ist dabei, kein tödlich Gift.
Ich hab' gethan nur, was mein Herr befahl;

Ein kluger Knecht gefällt dem König wohl.
Ungnad' des Königs ist wie das Gebrüll
Des jungen Löwen; seine Gnade ist
Wie Thau, der auf dem Grase liegt.

Janet.

Nein, Vater,
Es heißt auch: wenn ein Fürst verstandlos ist,
Geschieht des Unrechts viel. Wer Unrecht säet,
Der erntet Mühe, und zu Grande geht
Er durch die Ränke seiner Bosheit. — Vater,
Ich schlage dich mit Gottes Wort.

Foster.

Du willst
Den Trank nicht reichen, wenn ich ihn gemischt
Zum zweiten male?

Janet.

Nein.

Foster.

Besinne dich;
Ich will dir auch ein guter Vater sein.
Da draußen steht ein wandernder Hausirer
Mit buntem Kram, wie er die Weltlust reizt,
Mit Bändern, Schleifen, Spitzen —

Janet.

Laß ihn ein!
Mir und der Lady ist er sehr willkommen.

Foster.

Ich laß' ihn ein, und kaufen sollst du alles,
Was nur dein Herz erfreut. Doch, Töchterchen,

Erfüll' auch meinen Wunsch, besinne dich,
Erleichtre mir den schweren Dienst des Herrn!
(Foster ab.)

————

Neunter Auftritt.

Janet allein. Gleich darauf **Sir John Robsart**, als Hausirer eine Hausirlade tragend.

Janet.

Mir thut es weh, daß ich ihn täuschen muß,
Doch muß es sein.
Robsart tritt ein.

Janet.

      Da kommt der wackre Mann.
Wir brauchen manches noch für unsern Ritt.

Robsart.

Ei, Bänder, Spitzen, Schleifen, Spiegelchen —
Ihr seht hier Euer niedliches Gesichtchen
Klar wie im Silberbach. Wie bin ich müde
Vom weiten Weg!

Janet.

      So setzt Euch, nehmt den Kram
Von Euren Schultern, legt ihn auf den Tisch.
Hier in der Laube ruht Euch aus.

Robsart
(nimmt die Hausirlade ab, den Schweiß trocknend).

Fürwahr,

Der späte Sommer meint es gut, und hier
Hinauf den Hügel ist's ein mühsam Steigen.

Janet.

Ganz allerliebste Sächelchen!

Robsart.

So wählt Euch,
Was Euch gefällt. Doch eine zweite Dame
Soll hier im Schlosse sein?

Janet (knixend).

Ich bin die erste
Nach Eurer Meinung? Nun, ich danke Euch.
Doch eh' ich wähle, was mir selbst behagt,
Ruf' ich die Lady.

(ab nach links.)

Robsart.

Meine Pulse schlagen.
Hier bin ich, glücklich ist's erreicht. Ich werde
Sie wiedersehn, mir muß sie Rede stehn —
Sie wird, sie muß dem greisen Vater folgen.

Zehnter Auftritt.

Robsart. Janet. Amy, aus dem Hause. Später Harvey.

Janet.

Hier ist der Mann. Sein Kram ist reich und bunt.

Amy.

Allmächt'ger Gott, mein Vater!

Robsart.

Amy, Amy!

(umarmen sich)

Ich hab' mich aufgerafft, krank wie ich bin;
Verlassen hab' ich meines Schlosses Frieden,
Den schatt'gen Sitz im Eichenpark, den Lehnstuhl
Im Ahnensaal, dich aufzusuchen, Tochter.

Amy.

Mein guter Vater!

Robsart.

Wie in meines Schlosses
Gebälk der Holzwurm pickt, unheimlich mahnend:
So in den müden Gliedern regt sich schon
Des Todes Ahnung! Da mein Kind zu mir
Nicht kommt, so komm' ich jetzt zu ihm; ich will
Das Dunkel lichten, das sein Haupt umschwebt,
Eh' ich hinab ins ew'ge Dunkel fahre.

Amy.

O Gott — ich bin sehr schuldig gegen dich!

Robsart.

Du hast mir meines Lebens Stab geraubt,
Und führerlos muß ich zum Grabe wandeln.
Und doch, ich fluch' dir nicht. Was weiß der Winter
Vom Glück des Frühlings, die gefrornen Blumen
Des Alters von der Jugend üpp'gen Rosen?
Schnee liegt auf unserm Haupt, er breitet aus

Einförmig kalt die Decke übers Leben.
Doch bist du glücklich, Tochter?

Amy.

Jetzt, jetzt bin ich's,
Da ich in deine theuern Züge sehe,
An deinem Busen ruhe, ganz empfinde,
Wie unermeßlich meines Vaters Liebe!
O, höchstes Glück ist zweifellos Vertrauen;
Denn mit dem Zweifel geht das Glück in Trümmern.

Robsart.

Du weichst mir aus. Mir sagte Freund Glencarne,
Daß du gefangen seist; ich sehe rings
Verschloßne Thore, Wachen, ein Gefängniß —
Doch deinen Gatten seh' ich nicht. Wo ist er?
Und bist du glücklich, Amy?

Amy.

Frag' mich nicht!

Robsart.

Um dich zu fragen, hab' ich jedes Mühsal
Des weiten Wegs erduldet, mich verkleidet
Geschlichen in dies Haus; um dich zu fragen,
Den Schmerz erlitten, der mir durchs Gebein
Unheimlich schleicht, den Schweiß auf meiner Stirn
Gebannt —

Amy.

Mein armer Vater!

Robsart.

O, kein Mitleid!

Das ist zum alten Frost nur neues Frösteln
Und schauert mir durch's Mark. Wo ist dein Herr,
Wo Richard Varney, dem du dich vermählt?

Amy.

Wie tief beschämt steh' ich vor dir! Ich ließ
An meiner Heimat Herd zurück die Natter
Und legte sie an meines Vaters Brust,
Die Lüge, deren gift'ger Hauch mich selbst
Jetzt tödlich trifft! Doch schwör' ich dir, mein Vater,
Abschüttl' ich sie von mir; die Zeit ist reif,
Und in der Wahrheit Zeichen will ich siegen.
So wisse denn, nicht Varney ist mein Gatte —
Lord Leicester selbst.

Robsart.

Der Lord — allmächt'ger Gott!
Du Lady Leicester?

Amy.

Ja, mein Vater, staune,
Zu welcher Höhe sich dein Kind erhob.
Noch bin ich's insgeheim nur; dies Geheimniß,
Das meines Lebens Fluch, zerreiß' ich jetzt
Mit stolzem Willen und mit fester Hand.

Robsart.

Unselig Kind! Lord Leicester — jener Lord,
Der um die Hand der Kön'gin wirbt —

Amy.

Halt' ein!
Robsart.

O, er verläßt dich, weiß dich zu verbergen —

Du hemmst ja seinen Weg! Der Kirche Segen
Ist nur ein heuchlerischer Schein, er breitet
Ihn frevelnd über ein verbotnes Glück.

        Amy.

Er liebt mich, Vater, mich allein.

        Robsart.

            So lang'
Er hier in deinen Armen ruht. O Himmel,
Das ist ein Blitzstrahl für mein greises Haupt!
Der Tochter, die an ihrem Vater frevelt,
Konnt' ich ihr Glück vergeben — doch ihr Unglück
Das bricht mein Herz!

        Amy.

      Nicht diese Thränen, Vater!
Sie löschen meinen Fehl nicht aus —

        Robsart.

           Komm, komm
Zu mir, zurück zum heimatlichen Herd,
Und durch dein gutes Recht geschützt, erwarte
Was dir die Zukunft bringt. Wenn es dir möglich,
Brich diese Haft.

        Amy.

      Seit heute ist's mir möglich —
Und auch mein Wille.

        Robsart.

      Nun, so folge mir!
Wie wird sich alles freun in Lidkothall,
Wenn du zurückkehrst! Alles grünt und blüht,

In deinem Garten prangt ein Rosenflur;
Im Walde schmück' ich dir dein Lieblingsplätzchen
Wie einen Tempel aus; dein muntrer Falber,
Der dich so sanft durch unsre Fluren trug,
Er wiehert freudig dir zum Gruß; mit Blumen
Bekränzen wir die Halle, wo du weilst;
Der alte Jack, die gute Ellen werden
Mit Jubel dich begrüßen — und ich selbst
Will mich verjüngen, ja ich schwör dir's zu,
An deiner Seite will ich jung mich fühlen.

Amy.

O schilt mich nicht, ich kann es nicht!

Robsart.

Du kannst nicht?
Mach' mich nicht ungeduldig, Kind — bei Gott,
Schon kommt ein Zittern über mich — du kannst nicht?

Amy.

Ich kann das Glück nicht in der Stille finden.
Soll ich dort weilen, ein verstoßen Weib?
Noch bin ich Lady Leicester. Daß ich's bin,
Erfahre jetzt die Welt! Was mich bedrohe,
Ich biet' ihm kühn die Stirn, ich wage alles,
Vertrauend auf mein Recht und meine Liebe.
Erniedern würde mich die feige Flucht;
Denn nicht vor meiner Größe will ich fliehen.
Ich geh' nach Kenilworth.

Robsart.

Nach Kenilworth?
Unselig Kind, du gehst in dein Verderben!

Harvey
(tritt auf, leise zu Amy).

Die Rosse sind gesattelt; voll im Osten
Steigt schon der Mond empor; bereit ist alles.
Wir haben eine kalte Nacht.

Amy.
Wo stehn
Die Pferde?

Harvey.
An des Gartens Hinterpförtchen.

Janet.
Der Schlüssel ist in meiner Hand.

Amy.
Wir rüsten
Sogleich zum Ritt uns. (zu Robsart)
Verzeih mir, meines Vaters greises Haupt,
Das einst sich über meine Wiege neigte,
Du erst Erinnern aus der Kindheit Traum,
Verzeih mir, wenn ich dir nicht folgen kann!
Doch gleich dem Waller dort am Himmelszelt,
Der jetzt die Welt in flutend Silber taucht,
So gieß dein Bild mir Frieden in das Herz,
In jedem Sturm, dem ich entgegen ziehe.

Robsart.
Du hörst nicht, folgst nicht, läßt mich gleich dem Bettler
Am Heerweg stehn! Du kannst dich irren, Mädchen,
Du glaubst, daß meine Seele eingefroren
In dem Gehäus, das morsch zusammenbricht?

Halloh! Halloh! Fuchsjäger Robsart, auf!
Die Peitsche und den Sporn, und wilde Jagd,
Die all mein Blut in heiße Wallung bringt!
Du lieblos ungehorsam Kind, ich schleudre
Den Fluch —

Amy.

      Halt ein, halt ein, mein guter Vater!
O, ich bin elend schon genug — nicht das,
Nicht dies noch auf mein Haupt!

Robsart.

      Was wollt' ich thun
Mir ist mein Sinn gestört — es will nicht recht
Mehr mit dem Denken gehn — schon zu viel Erde,
Ja zu viel Erde schon in dem Gebein!
Das lähmt die Seele. Und dann flackert's auf,
Ein sinnlos Feuer! Nein, du bist nicht glücklich —
Komm an mein Herz, mein armes Kind, und segne
Der Himmel dein Beginnen!

Amy.
Vater, Vater!
(Umarmung.)

Nun bin ich stark. Die Ehre ruft, ich folge;
Bei meiner Liebe nur ist meine Ehre!
Rasch in die Nacht hinein mit Sturmesschwingen!
Ich fühl' die Kraft, das Schicksal zu bezwingen.

(wendet sich zum Abgehen.)

Der Vorhang fällt.

———————

Vierter Aufzug.

Der Park zu Kenilworth. Im Hintergrund das mit Fahnen geschmückte Schloß; vor demselben ein Teich. Rechts im Vordergrunde eine Muschelgrotte mit Bildsäulen, Moosbänken. Links im Vordergrunde eine Moosbank unter einer hohen Eiche.

Erster Auftritt.

Amy. Harvey.

Harvey.

Hier seid Ihr nun, doch ohne Obdach, Lady!
Als Leicester's Dienstmann fand ich freien Zutritt,
Und Ihr an meiner Seite; doch dies Schloß
Ist übervölkert — und Ihr seid allein;
Am Thor verloren ging die kleine Janet.
Potz Blitz, das Schlimmste, was mich treffen konnte;
Denn grad heraus, um ihretwillen nur

7 *

Hab' ich's gewagt, hierher Euch zu geleiten.
Um schmackhaft süßen Lohn allein geschah's;
Jetzt lauert ein Gewitter in der Luft.

Amy.

O, fürchte nichts! Ich stehe ein für dich.

Harvey.

Wenn Varney mich erblickt —

Amy.

Er ist verloren,
Nicht du! Im letzten Gasthof unterwegs
Schrieb ich hier diese Zeilen; bringe sie
Lord Leicester, unbemerkt, wenn er allein ist.

Harvey.

Ich will mich stets in seine Nähe drängen,
Ich will den seltnen Augenblick erlauschen;
Doch das ist keine leichte Mühe, Lady,
Unsicher der Erfolg.

Amy.

Und währt's zu lange,
So bring vor aller Augen ihm den Brief.
(Glockengeläute. Ferne Böllerschüsse.)

Amy.

Was gibt's?

Harvey.

Die Königin Elisabeth
Zieht ein in Kenilworth, in Leicester's Schloß.
(Pause. — Ferner Jubelruf. Trompetenchöre.)

Amy.

Halt fest, mein Herz!

Harvey.

Ihr zogen hundert Reiter
Entgegen, glitzernd von der Waffen Prunk:
Lord Leicester nicht allein mit all den Seinen,
Auch Lord Arundel und sein ritterlich
Gefolge.

Amy (bei Seite).

O, so ist auch Glencarne hier!
So bin ich ruhiger.

Harvey.

Und diese Pferde,
Das reinste Blut von England, o, ich sah
Sie stolz sich bäumen, mit den Nüstern sprühn!
Und dann die jungfräuliche Königin,
Wie glorreich sie auf ihrem Zelter sitzt!
Im Süden, wo die Heil'genbilder stehn,
Da würde als Madonna sie verehrt —
Natürlich ohne Kind! — Doch muß ich eilen,
Noch etwas von des Zuges Pracht zu sehn.
Wo find' ich Euch?

Amy.

Hier ist es still und einsam;
Ich will in dieser Grotte mich verbergen;
Hier find' ich Ruhe.

Harvey.

Fänd' ich nur für Euch
Von Cumnorplace die kleine Wassernixe —
Für Euch, und auch für mich! Ich hör' so gern
Ihr Mündchen plätschern, wie den Wasserfall,

Der dort der Grotte sammtnes Moos benetzt.
Ihr seid allein! Ihr dauert mich, Mylady!

(Ruf hinter der Scene.)

Potz Wetter, drüben geht es lustig zu,
Man jauchzt und wird die Kehle sich erfrischen:
Da bin ich mit dabei.   Auf Wiedersehn!

(Harvey ab.)

Zweiter Auftritt.

Amy (allein).

(Während des Monologs fernes Glockengeläute und einzelne Böllerschüsse.)

Es ist ein Traum — ich bin in Leicester's Schloß,
All diese Pracht und Herrlichkeit ist mein,
Die stolzen Hallen und die hohen Thürme;
Mir rauscht der Springquell und der Wasserfall,
Mir neigen sich der Eichen mächt'ge Wipfel!
O nein, mir neigt sich nur die Trauerweide,
Die dort ihr Silber in den Fluten kühlt,
Und grüßt mich schwesterlich! Bin ich die Herrin,
Die einsam hier durch diese Gänge irrt,
Ihr Leid den Blumen klagt, den stillen Schwänen,
Die stolz hingleiten durch des Weihers Spiegel
Und doch nur eine rasch verlösche Furche
Im Wasser ziehn, so rasch verweht, vergessen
Wie eines Menschenlebens flücht'ge Spur?
Ich bin die Herrin nicht; denn wenn ich's wäre,
Mein wär' das Amt, die Kön'gin zu begrüßen,
Ich hielte dort am Thor auf stolzem Roß,

Ein glänzendes Gefolge hinter mir,
Und huldvoll neigte sich Elisabeth
Der mächtigsten Vasallin! Dies mein Recht
Mir zu erobern, bin ich hier. Der Klang
Der Glocken, der Geschütze ehrne Zungen
Verkünden dir nicht Leicester's Gruß allein,
Nein, stolze Kön'gin, auch den meinigen.
Und doch — es ist zu früh, es bringt ihm Unheil:
Das will ich nicht, ich will's nicht! Ew'ger Gott,
Entsiegeln muß er selber meine Lippen;
Denn länger trag' ich dieses Schweigen nicht!

Dritter Auftritt.

Amy. Glencarne.

Amy.

Was seh' ich — du hier, Edmund?

Glencarne.

Dieses Wort
Ruft schönre Zeiten wach in meiner Seele!
Was führt dich her? Und brauchst du Schutz und Hülfe?
Mein Arm, mein Schwert sind deinem Dienst geweiht.

Amy.

O, nur gefährden würde mich dein Schutz,
Ich danke dir. Er weilt in meiner Nähe,
Dem seine Pflicht gebeut, mich zu beschützen.

Glencarne.

So seh' ich Varney's Weib vor mir!

Amy.

O nein,
Nicht Varney's Weib; beschämt mich nicht, mein Freund!
Ich bin — doch nein, dies Schweigen brech' ich nicht,
Und eher trag' ich schimpflichen Verdacht!

Glencarne.

Die Thränen strafen deine Worte Lügen.
Der Elende, der dich beschützen soll,
Hat dich verlassen und zu Grund gerichtet.

Amy.

Der Elende?

Glencarne.

Und ist er's nicht, warum
Denn irrst du einsam hier in diesen Gängen?

Amy.

Und du?

Glencarne.

Ich mied den festlichen Empfang,
Ich hasse diese Königin. Und doch —
Mein Zeugniß ist vielleicht ihr unentbehrlich.

Amy.

Was willst du thun?

Glencarne.

Ich will der Wahrheit dienen
Und — dir!

Amy.

Du willst —

Glencarne.

O leugn' es nicht, daß du
Bedürftig bist der Freundschaft und des Schutzes.
Ich führ' dich vor die Königin, ich darf's;
Ich sprach für dich in deines Vaters Namen,
Und Lord Arundel's Schutz ist uns gewiß.
Elisabeth wird dir Gerechtigkeit
Nicht weigern.

Amy.

Nimmer! Doch ich traue dir;
Dein edles Herz hat stets sich treu bewährt.
O, so erfüll' mir eine Bitte jetzt!

Glencarne.

Mit Freuden, wenn sie dir zum Heil gereicht.

Amy.

Ich sag' dir alles, alles, was ich darf:
Ich harr' auf den Befehl des Einzigen,
Der hier ein Recht besitzt, mir zu befehlen.
Wer zwischen ihn und mich sich drängt, und sei's
In bester Absicht, stürzt mich ins Verderben —
Du selbst am meisten, Edmund! Gib mir drum
Noch eine Frist von vierundzwanzig Stunden;
Vielleicht ist dann die arme Amy glücklich,
Und sie vermag's, dem edeln Freund zu lohnen.

Glencarne.

Es sei, wenn du es willst; ich werde warten.

Amy.

Und du versprichst bei deiner Ritterehre,

Was immer kommen mag, in mein Geschick
Mit Wort und That nicht einzugreifen?

Glencarne.

Wohl,
Ich schwör's bei meiner Ehre; doch sobald
Die vierundzwanzig Stunden abgelaufen —

Amy.

So bist du frei, und handeln magst du dann,
Wie dir dein Herz befiehlt.

Glencarne.

Horch, Schritte!

Amy.

So wähl' ich diese Grotte mir zum Obdach.

Glencarne.

Dies große Schloß hat keinen Raum für dich,
Im heimlichsten Versteck mußt du dich bergen —
Was kannst du für dich hoffen?

(führt sie in die Grotte links.)

Amy.

Laß mich, laß mich!
In dieser Grotte Tiefen bin ich sicher.

(Glencarne verschwindet mit Amy in der Grotte.)

Vierter Auftritt.

Varney. Gleich darauf Glencarne.

Varney.

War das der Schotte nicht? Und fah ich recht,
So war er nicht allein, und eine Nixe —

Glencarne (kommt zurück).

Ha Teufel, Varney!

Varney.

Darf man fragen, Ritter,
Warum Ihr hier wie eine Fledermaus
Aus dieser Höhle flattert, während man
Euch beim Empfang der Königin vermißte?

Glencarne.

Wohl dürft Ihr fragen; doch die einz'ge Antwort,
Die ich Euch gern ertheilen würde, ist
Mir hier verwehrt.

Varney.

Vielleicht ein andres mal,
Wo nicht der königliche Bann uns bindet.

Glencarne (bei Seite).

Er sucht sie, ohne Frage; doch ich schweige.

Varney.

Es thut mir leid, daß meines Amtes Pflicht
Euch hier verscheuchen muß, wo nicht allein
Marmorne Nymphen in der Flut sich bergen;
Doch hat Lord Leicester mich vorausgesandt,

Des Schlosses Park von fremdem Volk zu säubern.
Er naht soeben mit der Königin
Und stattlichem Gefolg; da ziemt es uns,
Zurückzutreten in Bescheidenheit.

Glencarne.

Gewiß; ich folge Euch.

Varney.

Und um so mehr,
Da Ihr nicht allzu festlich angethan,
Nein, wie ein Träumer, der sich selbst vergißt.
Ihr müßt auf dorn'gem Weg gewandert sein,
Denn Disteln haben Euer Wams zerrissen.

Glencarne.

Ich hab' mich nicht vor ihrem Dorn gehütet;
Vor andern Stacheln schützt mich dieses Schwert.

(Beide treten in den Hintergrund.)

Fünfter Auftritt.

Elisabeth in Leicester's Arm, im festlichen Schmuck, Leicester in weißem
Sammt mit dem Hosenbandorden und dem breiten Bande. Lord Arundel.
Richard Blunt. Lord of Hunsdon. Hofherren und Hofdamen.

Elisabeth.

Ein herrlicher Empfang — ich dank' Euch, Lord,
Denn königlich ehrt Ihr die Königin.

Doch allzu lärmend war der Menge Gruß,
Und hier im Grünen muß ich Athem schöpfen.

Leicester.

Groß war die Huld, die mir dies Schloß geschenkt,
Jetzt ist's durch größre Huld geweiht für immer.

Elisabeth.

Die Luft ist frisch; es ist ein Friedenshauch,
Der mir die Stirne küßt; der stille Teich,
Das Abendroth, das durch die Zweige schimmert —
Man möchte selbst zu einer Blume werden,
Wie Daphne, die der schöne Gott verfolgte,
Und die zum Lorber ward in seinem Arm!

Leicester.

Fürwahr, nur in den Lorber könnte sich
Die stolze Kön'gin dieses Lands verwandeln.

Elisabeth.

Ei, Schmeichler! Lieber eine Daphne bleiben,
Wie Theokrit sie malt — ein stilles Glück
Beim Klang der Hirtenflöte! — Ei, Myladies,
Theilt niemand meinen Wunsch in diesem Kreis?

(sich umsehend)

Vielleicht der Ritter dort; sein Aussehn ist
Ein wenig schäferlich.

Arundel.

Ihr hört nicht, Glencarne,
Die Königin bemerkt Euch!

Glencarne
(verlegen vor der Königin ein Knie beugend).

Majestät —

Elisabeth.

Ei, seh' ich recht? Das ist ja unser Ritter,
Der Menelaus jener Helena,
Und auch der schöne Paris ist nicht weit:
Da ist ja die Romanze ganz beisammen!
Steht auf; ich hatte fast darauf vergessen. —
Wo ist die Lady, Leicester? Ist sie hier?

Leicester.

Sie ist nicht hier.

Elisabeth.

Nicht hier? Und ich befahl's
Ausdrücklich und bestimmt. Seit wann gehorcht
Man dem Befehl der Königin nicht mehr?

Leicester.

Ihr Wink ist schon Befehl, dem wir gehorchen.
Doch, Varney, tretet vor, und theilt in Ehrfurcht
Der Kön'gin mit, warum die Lady nicht
Vor ihr erscheinen kann.

Varney.

Sie ist erkrankt.

Elisabeth.

Und der Beweis?

Varney.

Das Schreiben, gnäd'ge Herrin,
Von einem Ehrenmann, dem Haushofmeister
Von Cumnorplace.

Elisabeth.

Sein Name?

Varney.

Anthony Foster.

Elisabeth.

Wer kennt den Mann?

Blunt.

Ich, Majestät.

Elisabeth.

Und kennt
Ihr seine Handschrift auch?

Blunt.

Wohl, Majestät.

Elisabeth.

Nehmt diesen Brief.

Blunt.

Es sind die kräft'gen Züge
Des wackern Anthony.

Elisabeth.

Gut, das entschuldigt.
(zu Glencarne)
Groß ist die Macht der Königin von England,
Und doch kann sie dem Herzen nicht gebieten
Und nicht der Krankheit. Dieses Zeugniß hier —

Glencarne.

Ist falsch.

Elisabeth.

Das nenn' ich kühn! Mylord von Leicester
Das wird jetzt Eure Sache.

Leicester.

Königin,
Der Ritter weiß nicht, was er spricht.

Elisabeth.

Wie wollt
Ihr mir beweisen, daß dies Zeugniß falsch ist?

Glencarne (bei Seite).

Ich gab mein Wort — was that ich?

Elisabeth.

Nun, Ihr zögert?

Glencarne (vor der Königin kniend).

Bei aller Glorie der Majestät,
Bei ihrer höchsten Pflicht, Gerechtigkeit,
Die Ihr gewährt, so wie Ihr sie verlangt
Dereinst vor Gottes Thron, beschwör' ich Euch,
Gönnt mir nur eines vollen Tages Frist,
Und ich beweis' Euch dann, daß jedes Zeugniß,
Das jener unglückfel'gen Lady Krankheit
Bestät'gen soll, falsch wie die Hölle ist.

Elisabeth.

Ihr seid von Sinnen! Liebe macht Euch rasen!
Und wenn die Frist verstrichen ist, und Ihr
Es nicht beweisen könnt — was dann?

Glencarne.

Ich lege
Mein Haupt dann auf den Block.

Elisabeth.

Gemach! Nicht Willkür,
Nur das Gesetz entscheidet hier in England;
Ihm beugt mein königliches Scepter sich.
Doch wenn Euch der Beweis mislingt: versprecht
Ihr mir genau die Gründe anzugeben,
Weshalb Ihr ihn gewagt?

Glencarne (zögernd).

Vielleicht — vielleicht.
Doch fest versprechen kann ich's nicht, und wagt' ich
Auch einer Kön'gin Zorn.

Elisabeth.

Bei Gott, Ihr wagt ihn,
Denn das ist Wahnsinn oder böser Wille!
Sir Richard Blunt, führt Edmund Glencarne fort,
Er ist zunächst auf vierundzwanzig Stunden
In Eurer Haft. Ich will es.

Glencarne.

Majestät!

Elisabeth.

Bringt ihn in Sicherheit, bei meinem Zorn!

(Blunt mit Glencarne ab.)

Elisabeth.

Wohl möcht' ich jene Dejanira sehn,
Die so vermag zur Raserei zu treiben.
Ei, Richard Varney, Eures Weibes Schönheit,
Die andre rasend macht, gibt Euch Ersatz
Für jede Unbill. Seliger Besitz

Verlacht die ungeberd'ge Leidenschaft,
Die wie der Falter an der Nadel krampfhaft
Die Flügel schlägt. Doch weil vor meinen Augen
Man mehrfach Euch gekränkt, und Euern Lord
In Euch, so soll Euch meine Gunst entschäd'gen.
Im treuen Diener ehr' ich seinen Herrn;
Ein schwacher Dank für liebenswürd'ge Mühe
Und seltne Gastfreundschaft! Den braven Robsart
Wird meine Huld mit seinem Schwiegersohn
Versöhnen.

(zu Leicester)
Gebt mir Euer Schwert, Mylord.

(Leicester reicht Elisabeth sein Schwert.)

Elisabeth.

Wie prächtig flammt die Damascenerklinge!
Wär' ich ein Mann, ich hätte solch ein Schwert
Geschwungen, meinen besten Ahnen gleich,
Und mich erfreut an seinen Todesblitzen.
Ich bin ein Weib; doch wie die Fee Morgana,
Die Heldin italienischer Gesänge,
Seh' ich in solchem Spiegel gern mein Bild.
Der Krone schönster Spiegel ist das Schwert.
Kommt näher, Richard Varney, knieet nieder!

(Varney kniet vor der Königin.)

Elisabeth.

Im Namen Gottes und Sanct Georg's, wir schlagen
Zum Ritter dich; sei tapfer, treu und glücklich!
Steht auf, Sir Richard Varney!

Varney (aufstehend).

Majestät,
Für solche Huld und Gnade tiefsten Dank!

Elisabeth.

Mein Lord Arundel — Wolken auf der Stirn?
Gleichschwebend bleibt die Wage meiner Gunst,
Ihr Schwanken ist nur Schein.   Nennt mir aus Euerm
Gefolge einen tapfern Lehensmann,
Der gleicher Gnade würdig ist.

Arundel.

Ich freue
Mich dieses seltnen Sonnenblicks der Huld;
Doch ungewohnt, ihn zu genießen, bin
Ich's auch, ihn zu verdienen.

Elisabeth.

Eure Launen
Sind düstrer Art; daß wir sie freundlich tragen,
Verbürgt Euch unsre Huld.

Arundel.

Ich rede nicht
Mit glatten Schmeichelzungen, Majestät;
Ich rede, was ich denke. Wahrheit ist
Ja rauher Art und trägt kein Sammtgewand.
Ihr fragt mich nach dem Würdigsten — so nenne
Ich Edmund Glencarne Euch. Er ist zugleich
Gelehrt und Krieger und ein edler Mann;
Nur fürcht' ich —

8*

Elisabeth.

Und mit Recht; fürwahr, ich müßte
Mondsüchtig sein wie Euer braver Freund,
Wenn ich ihn jetzt zum Ritter schlagen wollte!
Ein andres mal — ich bleib' in Eurer Schuld.

(zu Leicester)

Wie dort des Westens Glanz durchs Dickicht flammt
Und hier die Rosen küßt! Wie schön der Blick
Von jener Moosbank in die Abendlandschaft!

(Arundel, Barney, Hofherren und Hofdamen zerstreuen sich allmählich im Park
und lassen Leicester und die Königin allein.)

Sechster Auftritt.

Leicester. Elisabeth setzt sich auf die Bank.

Leicester.

Und darf ich diesen Wink verstehn? Wir sind
Allein!

Elisabeth (aufstehend).

Allein? Warum entfernt sich mein
Gefolge? Gab ich den Befehl?

Leicester.

Sie glaubten
Den leisen Wunsch der Königin zu deuten.

Elisabeth.

Ich weiß es noch, zu wollen was ich wünsche,
Und zu befehlen was ich will. So weit

Ist's schon mit uns, Mylord von Leicester? Wahrlich,
Das muß die Kön'gin und das Weib beschämen!

Leicester.

O zürnt jetzt nicht — in diesem Augenblick
Ersehnter Einsamkeit, wo die Natur
In holdem Schweigen ruht und von den Lippen
Sich das verborgenste Geheimniß stiehlt,
Und alles spricht und mahnt: O Königin,
Begrab dein Herrscherscepter unter Rosen;
Denn, müde ihrer Majestät, versinkt
Die Sonne selbst in glühnder Wolken Schos!
Elisabeth — so sei ein liebend Weib
Für deinen Leicester!

Elisabeth.
Welche Kühnheit, Lord!

Leicester.

Vermeßnes Wagniß ist's, ich weiß es wohl,
Den Blick zu deiner Majestät erheben,
Die eine Krone trägt und stolzer noch
Die jungfräuliche Zier! Und doch, ich wag' es!
Was wagt man nicht um seine Seligkeit?
Sonst ewig bleibt die Schranke zwischen uns,
Die nur ein kühner Wunsch zertrümmern kann.
Durch deine Huld und Gunst emporgetragen,
Beb' ich vor süßem Frevel nicht zurück.

Elisabeth.

Hab' ich so sehr mein thöricht Herz verrathen
Und meiner Träume still geheimes Glück?
O, meine Seele ist ein Echo nur
Für deine Worte!

Leicester.

Laßt des Volkes Jubel
Ein lautres Echo sein! Fort mit der Krone!
Die Englands Diadem umbuhlen, fremd
Sind deinem Herzen sie wie deinem Volke;
Und bist du Englands Glück, so such' das deine
Auf dieses theuern Landes Boden nur!
Elisabeth — wozu noch länger schweigen?
Ich werbe um dein Herz und deine Hand!

Elisabeth.

Weh mir! Des Abends buhlerische Lüfte
Umstricken mich mit zaubrischer Gewalt,
Ich hab' kein zürnend Wort für solche Kühnheit;
Das Scepter fällt mir aus der Hand, vom Haupt
Die Krone — ew'ger Gott — was thust du, Leicester!

Leicester.

Unnahbar ist die Majestät — ich breche
Den Zauber. Deine Hand, Elisabeth!
Laß mich mit heißen Küssen sie bedecken,
Laß mich die Königin vergessen, nichts
In dir erblicken als ein sterblich Weib,
Das solchen Sturm der glühnden Leidenschaft
Zu lohnen weiß mit seligem Entzücken!
Wirf ab die Majestät wie eiteln Tand,
Für andre hüll' dich in ihr Festgewand;
Doch ein entzückend Weib sollst du dem Einen
Als seines Herzens Königin erscheinen!

Elisabeth.

O welch ein Taumel, welche Raserei!

Laßt mich, Mylord! Wär' ich nicht Königin
Und dieses Volkes Mutter, wär' ich frei,
Mein Glück zu suchen wie die Blum' im Feld
Und an die Brust zu stecken — Leicester, Leicester!
Der Erde Glück ist nicht·für mich, ich bin
Das Opfer einer hohen Pflicht, ich bin's
Und will es sein. Verlaßt mich, Dudley!

Leicester.

Euch

Verlassen? Zürnt Ihr meiner Kühnheit?

Elisabeth.

Nein,

Ich zürne nicht; doch ist es Raserei,
Und nimmer darf sie wiederkehren, Dudley!
Laßt mich allein — auf kurze Zeit — laßt mich!
Die Kön'gin Englands muß sich wiederfinden.

(Leicester ab mit einer Verbeugung.)

Elisabeth (allein).

Und immer greift die Schattenhand der Pflicht
In meines Herzens Traum. Stirb, glühende Jugend,
Verwelk' im Sonnenbrand der Majestät!
Du heißes Blut, das durch die Adern rollt,
Erstarr' im Frost geträumter Göttlichkeit!
Elisabeth — ein steinern Monument
Des eignen Ruhms vor deines Volkes Blicken;
Dies Prachtmal aber ist ein dumpfes Grab,
Wo das Gefühl erstickt ist und vermodert,
Und wo das Herz wie eine Mumie schläft!

Und doch, durch diesen Todtenschlaf ertönt's
Wie Weckruf einer schmetternden Posaune:
Du bist geliebt, du wirst geliebt! — O, nicht
Der Tag soll einer Kön'gin Thränen sehn;
In dieser Grotte will ich sie verbergen.
               (nähert sich dem Eingang der Grotte)
Was seh' ich? Welch ein Marmorbild, das dort
Im blauen Duft des Wasserfalls, gelehnt
An einen Pfeiler steht? So blaß, so schön —
Die Herrin dieses unterirb'schen Reichs.
Es lebt, es regt sich, ist ein athmend Wunder
Von Fleisch und Blut — o kann ich nimmer einsam
Mit meinem Schmerze sein? Gewiß, ich ahne,
Das schöne Kind, die Nymphe dieser Grotte,
Hat auf der Lippe den gelernten Vers,
Die Kön'gin zu begrüßen. Tritt hervor
Und sprich, mein Kind!

Siebenter Auftritt.

Elisabeth. Amy erscheint am Eingange der Grotte.

Elisabeth.

     Da steht das Marmorbild
Noch immer unbeweglich. Deine Rolle,
Mein Kind, ist sicher nicht ein marmorn Schweigen,
Und Furcht darf nimmer dir die Zunge binden.
So sprich! Ich will es, ich befehl's;

Amy.

Der Blick,
Das Wort der Majestät — Ihr seid die Kön'gin?

Elisabeth.

Ich bin's.

(Amy kniet mit gefalteten Händen vor ihr nieder.)

Elisabeth.

Was soll mir dies? Der Blick der Angst
Und Furcht? Und wie von leichtem Krampf geschüttelt
Die rührende Gestalt? Steh auf! Was willst du?

Amy.

O Gnade, Majestät!

Elisabeth.

Du hast den Vers
Vergessen? Ich vergebe dir mit Freuden;
Der ungereimt gereimten Worte bin
Ich herzlich satt. Doch nein, das ist es nicht;
Es ist ein tiefes Weh, das dich bewegt.
Was willst du?

Amy.

Euern Schutz!

Elisabeth.

Er soll dir werden,
Wenn du dich seiner würdig zeigst. Vor wem
Soll dich Elisabeth beschützen?

Amy.

Kön'gin —

Elisabeth.

Du zögerst?

Amy.

O mein Gott, ich weiß es nicht!

Elisabeth.

Das ist ja Wahnsinn, Mädchen, du bist krank,
Und Antheil heischt dein tiefverstörtes Wesen.
Zeig' mir die Wunde, die ich heilen soll!
Ich bin es nicht gewöhnt, so oft zu fragen;
Antworte — deine Königin befiehlt's.

Amy.

Ich bitt', ich fleh' auf meinen Knien inständig
Um Euern gnäd'gen Schutz; ich bin beleidigt
Durch einen Varney.

Elisabeth.

Varney, Richard Varney,
Lord Leicester's treuesten Genossen! Mädchen,
Was bist du ihm? Was ist er dir?

Amy.

Er hielt mich
Gefangen, hat mir schmachvoll nachgestellt,
Ich floh vor ihm.

Elisabeth.

Vor ihm, vor deinem Gatten?
Unheimlich, wie ein Reigen von Gespenstern,
Verfolgt mich das; ich will jetzt volle Klarheit.
So bist du Amy Robsart, Tochter des Ritters
Von Lidcothall?

Amy.

Vergebt mir, gnäd'ge Fürstin!

Elisabeth.

Was soll ich dir vergeben, thöricht Ding?
Daß du die Tochter deines Vaters bist?
Fürwahr, dein Sinn scheint mir gestört; ich muß
Dir Wort für Wort abpressen dein Geständniß.
Du täuschtest deinen alten braven Vater —
Dein Blick bekennt es mir; du täuschtest Glencarne —
Mir sagt es dein Erröthen; und du wurdest
Sir Richard Varney's Weib.

Amy (aufspringend).

Nein, Königin,
So wahr ein Gott im Himmel lebt, ich bin
Nicht so verworfen, wie Ihr meint! Ich bin
Das Weib nicht des verächtlichen Gesellen,
Nicht die Genossin unerhörten Frevels!
Ich — Varney's Weib? O, eher Braut der Hölle!

Elisabeth.

Doch wenn du Varney's Weib nicht bist, so sprich —
Bei meiner Krone fordr' ich jetzt Bescheid,
Denn Unheil brütet lauernd in den Lüften —
Sprich, wessen Gattin oder wessen Liebchen
Bist du? Bei meinem Zorn, die Löwin darfst
Du eher reizen als Elisabeth!

Amy.

Graf Leicester weiß um alles.

Elifabeth.

Leicefter, Leicefter,
Was foll's mit ihm? Das ift ein feckes Wort!
Was kümmert Leicefter fich um dich? Man hat
Dich angereizt, den edeln Lord zu fchmähn;
Doch ftänd' er höher noch in meiner Gunft —
Ich gebe dir Gehör, er fei zugegen.
Tritt hier zurück nur einen Augenblick.

(Amy tritt an den Eingang der Grotte.)

Elifabeth
(in der Mitte der Bühne mit ihrem Schnupftuch winkend, vortretend).

Bei Gott, ich bin des achten Heinrich Tochter,
Und zittern foll, wer mich zu kränken wagt!

———

Achter Auftritt.

Elifabeth. Leicefter. Arundel. Blunt. Dunbar. Hofherren und Hofdamen. Gleich darauf Amy.

Elifabeth.

Euch ruf' ich, Euch allein, Mylord von Leicefter;
Doch alle andern mögen Zeugen fein.

(geht an den Eingang der Grotte, faßt die zufammenbrechende Amy an der
Hand, ftützt fie und führt fie vor; mit dem Finger auf fie zeigend, zu Leicefter)

Kennft du dies Weib?

Leicefter
(einen Schritt vorftürzend, für fich).

Des Weltgerichts Pofaune —
Vernichtung!

Elisabeth.

Leicester, wär' es möglich, daß
Du schmachvoll mich getäuscht, mein königlich
Vertrauen hintergangen, wär' es möglich?
Du Undankbarer! Deine grenzenlose
Bestürzung zeigt mir, daß es möglich ist.
O, wär' es so, bei meiner Krone schwör' ich,
Du falscher Lord, dein Haupt ist so gefährdet,
Wie deines Vaters Haupt es je gewesen!

Leicester
(aufstehend, mit Stolz).

Dies Haupt fällt nur durch einen Urtheilspruch
Der Peers von England — meiner Peers, Mylady;
Sie richten über mich, und sie allein.

Elisabeth.

So trotzt uns dieser stolze Lord, er trotzt uns
Auf seinem Schloß, in der Vasallen Mitte!
In eine Falle hat er uns gelockt.
Doch zeigen soll sich's, ob Elisabeth
Hier und in England herrsche, oder Leicester!

Amy
(vor Elisabeth niederknieend).

O, er ist schuldlos, glaubt mir, Königin!
Wer wagt's, den edeln Leicester anzuklagen?
Ich nicht — ich nicht! Kein Schatten einer Schuld
Befleckt sein Leben.

Elisabeth.

Sinnlos Kind, du sagtest
Mir selbst, daß er um alles wisse.

Amy.

Sagt'
Ich dies, so log ich. Richtet Euern Zorn
Nur gegen mich, erhabne Königin!
Gönnt ihm den Sonnenschein der höchsten Gunst;
Laßt mich im Dunkel mit dem Elend wohnen!

Elisabeth.

Der Zorn der Kön'gin ist ein flammend Feuer,
Vernichtung zeichnet seine Bahn. Ich will
Jetzt Klarheit, länger quäle mich kein Zweifel:
Sprich, was bewog dich, Leicester anzuklagen?
Und was bewegt dich jetzt, zu widerrufen?

Leicester (für sich).

Jetzt ist der Augenblick — es muß geschehn!
Ihr Auge wendet flehend sich zu mir;
Die Maske falle, komme was da mag!

Neunter Auftritt.

Vorige. Varney, hereinstürzend.

Varney.

Ums Himmelswillen, Königin!

Elisabeth.

Was gibt's?

Varney.

O, ich allein bin schuldig, gnäd'ge Herrin,

Mich treffe Euer Zorn, nicht meinen Lord!
Ich ließ —

Amy (aufschreiend).

Schützt mich vor ihm, schützt mich vor ihm!
Sein Anblick brennt wie Feuer mir in Hirn
Und Herz, und das Entsetzen macht mich fiebern!

Elisabeth.

Was that er dir?

Amy.

Das nennen keine Worte.
Verrath, Zerrüttung, Wahnsinn — laßt mich schweigen!

Elisabeth.

O, die Gefahr ist groß, ich seh' es wohl.
Lord Hunsdon, sorgt für dieses arme Weib,
Nehmt sie in sichre Hut, bis wir sie wieder
Zu sehen wünschen.

(Einige Hofdamen treten näher zu Amy.)

Elisabeth.

Laßt sie, meine Damen;
Ihr habt, Gott sei's gedankt, zu feine Ohren,
Zu scharfe Zungen. — Hunsdon, sorgt dafür,
Daß niemand mit ihr spricht.

Hunsdon.

Seid unbesorgt!
Das ist ein lieblich Kind; beim alten Hunsdon
Ist sie wie eine Tochter aufgehoben.

(faßt Amy in den Arm, um sie fortzuführen.)

Amy (zu Hunsdon).

Und Euch will ich vertraun. Nur fort von hier!
Denn alle diese Blicke bohren sich
Wie Dolche mir ins Herz, und Zorn und Gnade
Und Haß und Liebe bringen gleiche Qual!
Laßt mich mein Antlitz vor der Welt verbergen!
Hinweg! Ich seh' im Sturm mein Glück zerschellen,
Und eine Leiche tragt Ihr aus den Wellen.

(sinkt in Hunsdon's Arme, der sie fortführt.)

Leicester (für sich).

Ihr nach! Doch jetzt noch nicht — ich spreche sie —
Ich muß.

Elisabeth.

Jetzt, Varney, ist's an Euch, zu sprechen.
Euch hat Natur die Sprache nicht versagt,
Wie manchem andern Sterblichen.

Varney.

Ihr seht
Mit scharfem Blick ja selber, Majestät,
Welch tiefes Leid mein armes Weib zerrüttet.
Sie ist wahnsinnig. Ach, vergebens sucht'
Ich's zu verbergen, bat umsonst den Arzt,
Der Krankheit Art und Namen zu verschweigen.

Elisabeth.

Ich merkt' es gleich, als ich sie in der Grotte
Gleich einer Marmorsäule stehen sah;
Sie sprach und widerrief's im Augenblick.
Doch tadl' ich Euch für Eure Lässigkeit:
Zu leicht war ihr Gewahrsam, daß sie so
Entfliehen konnte.

Varney.

Eben kam ihr Hüter,
Der alte Foster, athemlos hier an.
Er hatte ihre Flucht bemerkt, die sie
Mit jener ganz besondern List bewirkte,
Die solchen Kranken eigen ist.

Elisabeth.

Fürwahr,
Wir neiden nimmer Eurer Ehe Glück,
Da Eure Lady Euch von Herzen haßt.

Varney.

Das ist des Wahnsinns Art; er scheucht das Liebste.

Elisabeth.

Mein Leibarzt soll mir bald Bericht erstatten,
Wie's Eurer Lady geht. Sie bleibt so lang'
In milder Haft; doch steh' Euch selber frei,
Sie zu besuchen und ihr Herz zu rühren.
                    (zu Leicester tretend)
Wahnsinn, das ändert alles. Ihr erschrakt,
Daß solch ein Schauspiel mich entsetzen konnte:
Daran erkenn' ich Eure Liebe, Leicester.
Die Zwietracht bringet auch in Fürstenschlösser,
Von keinen Hellebarten abgehalten.
Mylord von Leicester, Ihr habt mich gekränkt,
Ich Euch: so laßt mich jetzt die erste sein,
Euch zu vergeben.

Leicester.

Allzu hoch gestellt

Ist Eure Majestät, um mich zu kränken:
So darf ich's wagen nicht, ihr zu verzeihn.

Elisabeth.

So herrscht der Friede wieder zwischen uns.
(näher tretend zu Leicester)
Weckt in des Weibes Brust die Furie nicht;
Sie schlummert nur, doch sie erhebt sich furchtbar,
Zermalmend alles, was den Weg ihr hemmt!
(zum Gefolge)
Vergessen sei das düstre Zwischenspiel!
Auf, in der Feste Glanz und Jubel! Seht,
Schon flammen tausend Lichter durch den Garten,
Raketen steigen um des Schlosses Zinnen,
Fern grüßt uns schmetternder Trompetenklang!
(vortretend)
Ich aber will im wilden Rausch vergessen,
Daß ich das Glück der Liebe nie besessen,
Nur ihren Krampf, nur ihre Herzenspein.
Die Krone trag' ich und den Schmerz allein!
(Wendet sich zum Abgehen. Alle folgen unter ferner Festmusik.)

Der Vorhang fällt.

Fünfter Aufzug.

Eine offene Halle. Rechts führen einige Stufen zu einer eisenbeschlagenen Pforte in einem Thurm; im Hintergrunde der Park mit Marmorbildern und Fontainen.

Erster Auftritt.

Varney. Leicester, in einen Mantel gehüllt. Hunsdon, mit einem Schlüsselbunde.

Hunsdon.

Sir Richard Varney — wohl, Ihr seid der Gatte;
Die Kön'gin gab das Recht Euch, sie zu sehn.
Ich bringe sie hierher; das arme Kind
Glaubt sonst, daß man sie hier gefangen halte.
Sie muß ein wenig frischer Lüfte Hauch
Und Blumenduft genießen. Wartet hier!
(ab durch die Thür rechts.)

9*

Leicester.

Ich muß sie sprechen. Stolz und Eifersucht
Bewogen sie zu dem verwegnen Schritt,
Der mich gefährden mußte! Keckes Kind!
Zu stolzer Höhe hab' ich sie erhoben,
Doch ungeduldig will sie vor der Zeit
Sich ihres Rechts und ihres Glanzes freuen.

Varney.

Wie jetzt die Dinge stehn — ich sinn' und sinne,
Doch keinen andern Ausweg kann ich finden:
Sie muß noch länger meinen Namen führen.

Leicester.

Sie muß, sie muß. Man nannte sie dein Weib
In meiner Gegenwart: sie muß es bleiben,
Bis sie dies Schloß verlassen hat.

Varney.

       Vielleicht
Noch länger, ja ich fürchte fast, so lange
Die Kön'gin lebt.

Leicester.

      Ich bin ein Thor, ein Schurke!
Verfallen bin ich ihrem Zorn, wenn sie
Von dieser Ehe hört.

Varney.

      Und ist ihr Groll
So unversöhnlich?

Leicester.

      Nein, o nein, sie bot

Die Hand mir zur Versöhnung, freundlicher
Als je zuvor.

Varney.

So gilt's nur, das Geheimniß
Zu wahren: und es bleibt dann zwischen Euch
Und ihr, der Königin, so wie's gewesen.

Leicester.

So bleibt es nicht. Mich hat die Leidenschaft
Des Augenblicks gewaltsam hingerissen;
Nach dem, was gestern ich der Kön'gin sagte,
Im Fieber sagte, gibt es kein Versöhnen,
Wenn sie sich unerhört betrogen sieht.
Ich darf nicht weiter gehn auf dieser Bahn;
Und doch, zurückzuweichen ist Verbrechen.
So seh' ich über mir die Schwindelhöhe,
Die unerreichbar ist, zu meinen Füßen
Den Abgrund, dem ich rettungslos verfallen!

Zweiter Auftritt.

Lord Hunsdon mit Amy, beide von rechts die Stufen herab; Amy im
weißen Gewand mit fliegendem Haar, verstört. Leicester. Varney.

Hunsdon.

Hier kommt die Lady. Doch — ich störe nicht;
Führt sie zurück, wenn Ihr Euch ausgesprochen,
Und bringt die Schlüssel mir. Bei meinem Bart,

Ich bin kein Kerkermeister, sie ist keine
Verbrecherin. (ab.)

Amy.

Du bist es! Kommst du endlich
Zu deiner Amy, Robert, 's ist kein Traum?
O laß mich weinen, bis der tiefe Schmerz
Von meiner Seele schmilzt! Du bist's, du bist's!
Vergessen alles — wenn ich dich nur habe!
Ich war sehr elend, seit wir uns gesehn;
Jetzt ist es anders, und entgegenströmt
Mir wieder Lebensfrische und Gesundheit.

Leicester.

Du weißt es nicht, was du gethan — du stießest
Mich ins Verderben!

Amy.

Ich, mein Robert? Nimmer!
Wie könnt' ich das verderben, was ich liebe,
Mehr liebe als mich selbst!

Leicester.

Bist du nicht hier,
Entgegen dem Befehl, den ich gegeben,
Hier, wo du Unheil mir und dir bereitest?

Amy.

Warum denn bin ich hier? Du mußt es wissen.
Erhieltst du meinen Brief?

Leicester.

Ich weiß von nichts.

Amy.

Seltsam, fürwahr! Man hat aus Cumnorplace
Mich fortgeängstigt; doch ich will nichts sagen,
Nicht jetzt, nicht hier. Nur bitt' ich Euch, Mylord,
Nicht dorthin sendet mich zurück!

Leicester.

Es sei!
Im Norden hab' ich manche Schlösser noch,
Ich suche eins dir aus, und du begibst dich
Dorthin — solang' es nöthig ist, vielleicht
Nur wen'ge Tage noch — als Varney's Weib.

Amy.

Unmöglich! Euer Weib als eines andern
Gemahlin, als die Gattin Varney's — nimmer!

Leicester.

O zögre nicht! Er ist mein treuster Diener,
Und eher wollt' ich meine rechte Hand
Verlieren als den Dienst des wackern Ritters
In diesem Augenblick bedrohlicher
Gefahr. Du hast nicht Grund, ihn zu verschmähn.

Amy.

Wohl hab' ich einen Grund. Mein Blick allein
Entwaffnet seine Keckheit; wenn er aber
Euch nöthig ist wie Eure rechte Hand,
So will ich schweigen; doch Gewalt nur kann
Mich zwingen, ihm zu folgen, keine Macht
Der Erde, ihn als Gatten zu bekennen!

Leicester.

Daß dies jetzt nöthig ist und unerläßlich,

Ist deiner Thorheit Schuld, die uns bedrohte,
Und ich befehl' es dir.

Amy.

Doch anders, Robert,
Befiehlt mir meine Ehre, mein Gewissen.
Und einem Varney folg' ich nimmermehr
Als ein landläufig Weib.

Varney.

Ihr seht, Mylord,
Ich bin gehaßt. Ein tiefer Widerwille
Beherrscht die Lady gegen mich, ich bin
Ihr unbequem. Bequemer und genehmer
Ist ohne Frage Edmund Glencarne ihr,
Sie ist ihm milder, freundlicher gesinnt:
Wie wär's, wenn dieser sie nach Lidcothall
Begleiten würde.

Leicester.

Schweig, bei meinem Zorn!
Nenn' diesen Namen nicht mit meinem Weib.

Amy (auf Leicester zeigend).

Darf ich, ein schüchtern unerfahren Weib,
Das Euch von ganzem Herzen liebt, Euch rathen?

Leicester.

Sprich, Amy!

Amy.

Alles Unheil dieser schlimmen
Verwicklungen entsprang aus dem Geheimniß,

In das Ihr Euch gehüllt. Wohl denn, Mylord,
Zerreißt den Schleier, und Ihr athmet frei!
Auf, handelt wie ein Edelmann und Ritter,
Deß Schild die Wahrheit, dessen Lebensathem
Die Ehre ist, der stolz sein Haupt erhebt
Vor seinem Gott, vor seiner Kön'gin Thron!
Führt mich zu ihr; bekennt ihr frei und offen
Den Augenblick unseliger Verblendung,
Der Euch bestrickt; bekennt, daß Euch ein Reiz,
Ein wesenloser Reiz gefesselt hat,
Daß Ihr in solcher schlimmen Täuschung Bann
Der armen Amy Eure Hand gegeben.
Dann habt Ihr mir, Mylord, und Eurer Ehre
Genug gethan. Verlangt es das Gesetz
Und die Gewalt, daß Ihr von mir Euch trennt,
Dann in den Schatten alter Einsamkeit
Verberg' ich ein gebrochnes Herz; doch ruht
Kein Makel auf dem Namen meiner Väter.

Leicester.

Aus deinen Worten spricht ein edler Sinn.
Nicht würdig bin ich deiner Liebe, Amy;
Denn solch ein Herz wiegt jede Krone auf.
Komme was mag, die Kön'gin mag mein Haupt
Verlangen —

Amy.

   Nimmer darf sie das! Du hast
Des Mannes freies Recht gewahrt, ein Weib
Nach deines Herzens Neigung dir gewählt:
Schmach über ihre schnöde Tyrannei,
Wenn sie dies heil'ge Recht bestrafen wollte!

Du wandelſt auf der Wahrheit ſicherm Pfad;
Ihr Zauber iſt's, der alle Schrecken bändigt.

Leiceſter.

O Amh, wenn du wüßteſt — aber nein,
Lord Leiceſter darf ſein Haupt ſo kühn erheben,
Wie je ein Lord der Roſenzeit gethan
Seit jenem großen Königsmacher Warwick;
Ich habe Freunde, habe Bundsgenoſſen:
In Wales befehligt Pembroke, Bedfort führt
Die Puritaner meiner Fahne zu,
Sir Owen Hopton iſt des Towers Herr
Und liefert mir den Staatsſchatz aus — bei Gott,
Kein willig Opfer ſoll zum Block ſie ſchleppen,
Nein, eher ſoll dies ganze Eiland ſich
Empören, Leiceſter und Eliſabeth
Zur Loſung werden ſtreitender Gewalten,
Die dieſes Land in blut'ger Fehde ſpalten!

Amy.

O nein, nicht ſo!

Leiceſter.

Sei ruhig, Amy, kehre
Zurück in Dein Gemach und fürchte nichts!
Du hörſt von mir.

Amy.

Ich danke dir. Doch wandle
Den ſchlichten Weg der Wahrheit und des Rechts;
Denn tragen würd' ich's nicht, wenn meinetwegen
Der Bürgerkrieg dies ſchöne Land verheerte,
Die blut'gen Geiſter der Geopferten,

Die Witwen und die Waisen mich verklagten.
Mein stolzes Herz verlangt sein heilig Recht;
Doch ist's kein Stolz, der tausend Opfer fordert.
O, lieber einsam sterben — als verflucht!

(sich an Leicester schmiegend)

Tritt für dein Recht mit festem Muthe ein,
Und treue Liebe wird uns Sieg verleihn.

(wendet sich zum Abgehen. Varney verbeugt sich vor ihr; sie geht mit
Verachtung an ihm vorüber und ab nach rechts.)

Varney.

Nichts von Versöhnung? Wohl — sie oder ich,
Es gilt!

Leicester.

Es fällt ein Alp vom Herzen mir.
Ihr Würfel, rollt und macht die Seele frei!

Varney.

Ach, edler Lord!

Leicester.

Du seufzest. Fürchtest du
Den Kampf? Du brauchst ihn nicht zu theilen.

Varney.

Kämpfend

Und sterbend steh' ich immer Euch zur Seite,
Auch wo Verzweiflung kämpft; und täuscht Euch nicht,
Sie trägt allein das Banner dieses Streits.
Wohl denn, so muß ich sprechen, denn es handelt
Um höchsten Einsatz sich, um Ehr' und Leben.
Begraben hätt' ich's gern in tiefster Seele,
Was ich verkünden muß.

Leicester.

Nur zu, nur zu!
Es drängt die Zeit.

Varney.

Wer Blut und Leben setzt
An einen theuern Schatz, der sieht erst nach,
Ob nicht ein Riß den Edelstein entwerthet.

Leicester.

Du sprachst — du wagst zu sprechen —

Varney.

Von der Gräfin.
Ich wag's und gilt's mein Leben!

Leicester.

Möglich — sprich!

Varney.

Ihr wißt, wie jener Schotte schon vor Euch
Das Herz der holden Amy sich erworben,
Wie er mit ihr im stillen Einverständniß
Sich bei der Königin beklagte.

Leicester.

Wie?
Der Wahnsinn spricht aus dir — im Einverständniß?
Sie sahn sich nicht —

Varney.

Sie sahen sich.

Leicester.

Du lügst!

Varney.

Ich lüge nicht, ich traf Sir Robert Glencarne
In Cumnorplace.

Leicester.

Du selbst? Unmöglich!

Varney.

Traf

Ihn in des Schlosses untrer Halle —

Leicester.

Teufel!

Du trafst ihn, und du hast ihn nicht getödtet?

Varney.

Ich zog das Schwert; doch trat man zwischen uns.

Leicester.

Nur weiter, weiter! Ruhig will ich prüfen,
Dann unerbittlich soll die Strafe sein!
Und hast du keine Zeugen?

Varney.

Foster selbst,

Er kam herzu, und Harvey hat den Schotten
Aufs Schloß begleitet. Ob die Gräfin lange
Mit ihm allein zusammen war —

Leicester.

Warum

Verschwiegt ihr alle mir's, und du vor allen?

Varney.

Die Lady, hofft' ich, werd' es selbst erzählen.

Auch lieb' ich's nicht, mit unwillkommner Botschaft
Der Zwietracht bösen Samen auszustreuen.

Leicester.

Die Lady steht zu hoch für den Verdacht;
Sie spreche wen sie will.

Varney.

Das dacht' ich auch.
Doch war das Einverständniß folgenreicher:
Nicht blos die Bittschrift an die Königin,
Die Flucht aus Cumnorplace mit Hülfe Harvey's,
Der als des Schotten Freund dorthin gekommen,
Den ich in Dienste nahm, der mich betrog —

Leicester.

Wo ist der Mann?

Varney.

Vergebens sucht' ich ihn;
Er floh gewiß vor meinem Zorn.

Leicester.

Ha, Hölle!
Geheime Ränke und versteckte Buhlschaft;
Darum die unerklärlich kecke Flucht.

Varney.

Und wißt Ihr denn, wo ich den Schotten hier
In Kenilworth getroffen?

Leicester.

Nun?

Varney.

Ihr kennt
Die Grotte hier im Park, aus der die Kön'gin
Nicht lange drauf das unglückfel'ge Opfer
Ans Licht hervorgebracht; aus dieser Grotte,
Derselben Grotte trat der edle Glencarne
Hervor. Mein Auge blieb seitdem geheftet
Auf ihren dunkeln Eingang; Eure Lordschaft
Und Ihre Majestät im Bunde hatten
Ja selbst die Freundlichkeit, ihn zu bewachen.
Nachher trat niemand dort heraus, hinein —
Die Lady war mit Glencarne in der Grotte.

Leicester.
Das ist zu viel! O sage, daß Du lügst!

Varney.
Ich forschte später nach, und dicht am Eingang
Auf der zerdrückten Rasenbank fand ich
Des Schotten Schnupstuch, das er dort vergaß,
Mit seinen Namenszügen.
(überreicht ein Schnupstuch.)

Leicester.
Schändlich Weib!

Varney.
Fragt nur die Lady selbst.

Leicester.
O, allzu klar
Ist ihre Schuld, sie steht mit Flammenzügen
Mir vor der Seele: hinterlistiger

Verrath und große namenlose Schmach!
Und für dies Weib wollt' ich ein Reich zerrütten,
Ein Volk empören gegen seine Kön'gin,
Die mich mit Huld und Gnaden überhäuft,
Und selbst mein Haupt aufs Blutgerüste tragen!
So jung, so schön — so falsch! Noch eben sprach sie
Mit edler Hoheit, einem Cherub gleich;
Vor ihrem Adel, ihrer Seelengröße
Stand ich gleich einem niedern Sklaven da:
Das alles Lug und Trug und Heuchelei!
O gäb' es einen Ausweg! Varney, Varney,
Zermartre dein Gehirn, such' einen Grund,
Weshalb sie schuldlos sei bei allem Schein,
Der sie verdammt!

Varney.

                Das ist nicht leicht, Mylord.
Und doch, wenn sie so schuldig ist, weshalb
Kam sie hierher nach Kenilworth zu Euch
Und floh nicht in die Heimat, in die Fremde?
Obschon ihr's freilich wichtig war, zuerst
Als Lady Leicester anerkannt zu sein.

Leicester.

O, nur zu wahr; ja, ich durchschaue sie!
Ein Ziel erstrebt sie nur: die Witwenschaft,
Doch fürstlich ausgestattet. Wenn mein Wahnsinn
Das Land empörte, und mein Haupt dem Zorn
Der Königin verfiel: dann war sie frei,
Und Leicester's Witwe brachte reiche Mitgift
Dem edeln Edmund Glencarne. Schimpf und Schande!
Ich will nichts hören mehr von ihr; du schweigst,

Bei meinem Zorn! Ich sah nur eins, nur eins:
Ein blutig und entsetzlich Bild! Sie hat
Den Tod der Ehebrecherin verdient
Vor Gott und Menschen.

Varney.

Ja, das hat sie.

Leicester.

Wohl,

So lösch' ich sie aus meines Lebens Buch,
Wie eine dunkle grauenhafte Sage.
Mag sie in schweren Nächten mich verfolgen;
Doch über der Verbrecherin Gebein,
Da blühn die Rosen der Elisabeth!
Ich bin entschlossen, sie muß fort, jetzt gleich,
Nach Cumnorplace — wohin du willst, ich gebe
Sie ganz in deine Hand. Nur eine Thräne,
Die letzte Thräne noch!

Varney.

Wozu, Mylord?

Denkt an den Schotten!

Leicester.

Der Gedanke ist

Mir Gift und tödtlich Fieber. Doch die Rache
An ihm vollzieh' ich selbst, und meine Seele
Jauchzt dieser Züchtigung entgegen. Varney,
An's Werk!

Varney.

Noch offen ist der Thurm; mir fehlt

Nur etwas noch, der Siegelring Mylords,
Der mir Gehorsam schafft.

Leicester.

Da haft du ihn.

(zieht den Ring vom Finger)

Und was du thuft, thu bald!

Varney.

Seid unbeforgt.

Mylord, jetzt beug' ich mich vor Euerm Stern.
Auffteigt er blutroth — folche Farbe trägt
Der Sonnenaufgang jeder Erdengröße.
Bald fteht er glänzend im Zenith des Himmels,
Und alles ruft: dem König Englands Heil!

(ab.)

———

Dritter Auftritt.

Leicester, allein.

Doch Fluch dem Menfchen! Wenn's fo weiter klänge
Durch ein unfelig Leben! Glaub' ich nicht
So leicht, weil folcher Glaube mir genehm;
Und richt' ich nicht fo rafch, weil dies Gericht
Zugleich aus bittern Aengften mich erlöft?
Nein, fie ift fchuldig, fchuldig — muß es fein,
Und diefe Schuld darf nicht im Lichte wandeln:
Ob auch ein banger Schauer mich ergreift,
Tritt mir aus ew'ger Nacht dies Bild entgegen!

Vierter Auftritt.

Leicester. Glencarne.

Glencarne.

Mylord, Euch such' ich.

Leicester.

Fort! Was wollt Ihr hier?
Wer seid Ihr?

Glencarne.

Edmund Glencarne.

Leicester.

Ha, Ihr kommt
Zur rechten Zeit!

Glencarne.

Das hoff' ich. Jene Frist
Von vierundzwanzig Stunden, die ich mir
Erbeten von der Kön'gin, ist verflossen.
Frei bin ich meiner Haft; doch eh ich mich
Dem Throne nahe, wend' ich mich an Euch,
Mylord.

Leicester.

Ich staune über diese Kühnheit;
Und was begehrt Ihr denn?

Glencarne.

Gerechtigkeit.

Leicester.

Ich schwör's bei meinem Schwert, die soll Euch werden.

Glencarne.

Ihr haltet mich für Euern Feind?

Leicester.

Fürwahr,
Ihr gabt mir ein'gen Grund dazu!

Glencarne.

Ich bin's nicht.
Ich bin des Lord Arundel Freund, doch nicht
Genosse seiner lärmenden Parteiung;
Des Hofes Treiben ist mir fremd, ich lebe
Gern meiner Muße.

Leicester.

Das ist sehr erfreulich
Für Euch. Ihr sprecht von Euch: das ist gewiß
Ein würd'ger Gegenstand von hohem Reiz
Für Euch und Eure Freunde; doch für mich
Nur von geringem Werth. So kommt zur Sache!

Glencarne.

Ihr kennt das Los, das Amy Robsart traf;
Ihr kennt den Antheil, der mich ihr verbunden.
Mißhandelt vom unwürd'gen Gatten, lebt
Sie hier in unverdienter Haft.

Leicester.

Ihr wißt
Wol nicht, mit wem Ihr sprecht?

Glencarne.

O nur zu gut;
Denn Eures Amtes ist's, dem Frevel wehren.
Steht Eines Mannes Ehre auf dem Spiel,
So ist's die Eure, mehr als jede andre.

Leicester.

Das ist die Wahrheit — und ich will sie schützen.
Nie sah ich eine dreistre Stirn als Eure;
Ihr seid ein Schurke! Zieht!

Glencarne.

Ihr häuft auf mich
Den Schimpf, der Blut verlangt.

Leicester.

Wohl denn, heraus
Die Klinge!

Glencarne.

Gott mit mir und Amy's Recht!
(er zieht; sie fechten.)

Fünfter Auftritt.

Vorige. Amy, an der Thür.

Amy.

Geräusch und Waffenlärm? O haltet ein!
Sie sind's! O meine Ahnung!

Leicester.

In den Park,
Im Schattengang! Dort sind wir ungestört.
Seht Euch nicht um nach dieser weißen Dame,
Sonst mach' ich selbst Euch zum Gespenst und stoß'
Euch nieder! Folgt mir, fort!
(drängt Glencarne die Stufen der Halle hinunter; ab mit Glencarne.)

Amy.

O neues Unheil!
Unſelig Misverſtändniß! Ihnen nach,
Ich trete zwiſchen ihre Schwerter!
(will nach der Halle.)

———

Sechſter Auftritt.

Amy. Foſter. Varney und ſechs Bewaffnete treten Amy entgegen.

Varney.

Halt!
Zurück!

Amy.

Entfeſſelt ſind der Hölle Geiſter!

Varney.

Ihr folgt mir, Lady!

Amy.

Nimmer!

Varney.

Braucht Gewalt!
(Die Bewaffneten bemächtigen ſich Amy's.)

Amy.

O Hülfe! Hülfe!

Varney.

Mag der Wahnſinn rufen,
Er weckt kein Echo. Was geſchieht, geſchieht
Auf den Befehl des Lords.

Amy.

Du lügst!

Varney.

So sieh
Hier diesen Siegelring, er gibt mir Vollmacht.
Dein Tod, dein Leben liegt in meinen Händen,
Und folgst du mir, weit fort von Cumnorplace,
Ueber die See hin in ein fernes Land,
So sollst du glücklich sein.

Amy.

Du sprichst von Glück?
Dir folgen? Eher in die Hölle!

Varney.

Wohl,
Dein Schicksal ist besiegelt — fort, hinweg!
(Die sich sträubende Amy gewaltsam fortreißend und ihr dann folgend.
Während sie nach rechts abgehen, erscheint Leicester, mit gezogenem Schwert,
verstört auf der Terrasse.)

Siebenter Auftritt.

Leicester. Gleich darauf Harvey.

Leicester.

Sie war's! Mir ging der Schrei durch Mark und Bein.
Der bange Hülferuf der Todgeweihten
Hat meinen Stahl beflügelt — unter Rosen
In seinem Blute liegt ihr Buhle dort.
Fluch diesem Schloß! Die Raben fliegen nieder

Auf Kenilworth; Seekönigin, schon krächzt
Der düstre Schwarm um deiner Adler Horst,
Um deinen Thron, um unser Hochzeitbett,
Und deiner üpp'gen Myrten Duft erstickt
Im Moder der Verwesung. Blut, Blut, Blut,
Der Kön'ge Salböl, ist das meine auch!

Harvey
(tritt auf, mit einem Briefe).

Ha, endlich find' ich Euch, Mylord!

Leicester.

Was gibt's?

Harvey.

Seit vierundzwanzig Stunden such' ich Euch —
Da heißt, was man so suchen nennt; ein Theil
Der schönen Zeit gehörte meinem eignen
Vergnügen; ich gerieth in lust'ge Kreise,
Und was sich da begab, ich weiß es nicht;
Nun hab' ich einen langen Schlaf gethan.

Leicester.

Du bist —

Harvey.

Mein Nam' ist Harvey, und ich steh'
In Diensten Eurer Lordschaft.

Leicester.

Harvey? Schurke!
Du halfst die Gräfin gegen Varney's Auftrag
Aus Cumnorplace entführen.

Harvey.

Ja, so ist's.

Leicester.

Und in Gemeinschaft mit dem Schotten Glencarne.

Harvey.

Mit einem Schotten? Pah! Altengland braucht
Die Thans des Hochlands nicht; am liebsten kreuz' ich
Die Schwerter mit den Rittern aus dem Nebel.
Was ich gethan, ich that's auf eigne Faust
Und auf den Wunsch der Lady.

Leicester.

     Wie? Du sagst —

Harvey.

Und diesen Brief gab Lady Robsart mir
Gleich nach der Ankunft hier im Schloß.

     (gibt Leicester den Brief)

          Doch da
Ich ihn in Eurer Lordschaft eigne Hände
Zu geben mich verpflichtet, und Dieselben
Just alle Hände voll zu thuen hatten,
Erklärt sich die Verzögerung von selbst.

Leicester.

Betrunkner Sklav', die Summe deiner Schuld
Häuft sich untilgbar! (liest) Wie? Unmöglich! Amy,
Sie fleht um meinen Schutz vor Richard Varney,
Der sie verfolgt mit schnödem Antrag — Hölle!
Warum verschwieg sie's mir?

Harvey.

     Es ist die Wahrheit;
Janet, mein Liebchen, hat's mit angehört.

Darum nur bot ich meinen Schutz ihr an.
Das war der Wille Eurer Lordschaft nicht,
Und Eures Danks, Mylord, war ich gewiß,
Wenn ich die Lady aus unwürd'gen Banden
Befreite.

Leicester

(Harvey fassend und schüttelnd).

Bursche, schwör' mir jetzt das Eine —
Bei deiner Ehre oder deiner Schande,
Nur Wahrheit will ich — Edmund Glencarne hatte
Nicht Theil an dieser Flucht?

Harvey.

So wahr ich lebe,
Er hatte keinen Theil daran.

Leicester.

Genug!

Genug!

(schreibt drei Zeilen mit einem Bleistift auf Amy's Brief.
Darf ich dir traun?

Harvey.

Ich wachse, Lord,
In Eurer Gunst, ich werde sie verdienen.

Leicester.

Und großen Lohn verheiß' ich dir; du bist
Der Mann für kühne That. In diesen Zeilen
Liegt deine Vollmacht. Nimm mein schnellstes Roß
Und zehn Begleiter, fliege wie der Blitz
Durchs Burgthor auf den Weg nach Cumnorplace;

Dort wird noch Varney mit der Lady weilen,
Sie können kaum das Thor verlassen haben.
Sein Auftrag sei erloschen, sagst du ihm,
Und zeigst ihm diese Zeilen; augenblicklich
Soll' er die Lady hier zurückgeleiten.
Wenn er sich weigert — und er weigert sich
Vielleicht — gleichviel, du bringst die Lady mir
Zurück. Das übrige ist deine Sache.

Harvey.

Das ist ein Auftrag, der mein Herz erfreut.
Und gibt es ein Scharmützel, nun, ich hoffe,
Das kommt ins große Hauptbuch Eurer Lordschaft,
Doch solchen kleinen Posten nehm' ich auch
Im Nothfall auf mich selbst, ich bin's gewöhnt.

(ab.)

Leicester.

Kein Mörder, nein, kein Mörder! Ha, mich schaudert's.
Und doch — ein schuldlos Opfer traf mein Schwert;
Das zweite wird der Himmel mir ersparen.
So namenlos getäuscht! Ha, Rache, Rache!
Die erste Sühne aber biet' ich ihr,
Der Schwergekränkten, noch eh' sie zurückkehrt.
Zur Königin! — Da ist sie.

———

Achter Auftritt.

Elisabeth. Hofdamen. Arundel. Blunt. Leicester.

Elisabeth.
Welch ein Lärm!

Sir Richard Blunt berichtet mir vom Klang
Gekreuzter Schwerter, wildem Hülferuf,
Und alles vor dem Kerker dieser Lady!
Ich eile selbst hierher, um sie zu sprechen;
Denn Unheil brüten diese Taubenaugen,
Ansteckend wirkt der Wahnsinn. Nun, Mylord,
Was habt Ihr mir zu sagen?

Leicester.

Vieles, alles.

Die unglückselige Verirrung ende,
Der Schleier falle, der die Wahrheit deckt!
Mag mich der Zorn der Majestät zerschmettern,
Ich zaudre nicht. (niederknieend) Ich liebe Amy Robsart.

Elisabeth.

Ha, Schändlicher!

Leicester.

Sie ist mein eh'lich Weib,

Mir am Altar getraut.

Elisabeth.

Mir schwindelt — Blunt,

Arundel, namenlos ward ich gekränkt!

Blunt.

O faßt Euch, königliche Frau; bedenkt,
Ganz England sieht auf Euch!

Arundel.

Die Macht ist Euer,

Unzeitig wäre Milde hier und Gnade.

Leicester.

Die Gräfin Leicester wird zu Euern Füßen —

Elisabeth.

Die Gräfin — welche Gräfin? Bei der Krone
Von England, diese Gräfin kenn' ich nicht.
Sprecht Ihr vielleicht von Dame Amy Dudley,
Vielleicht — von Leicester's Witwe?

Leicester (aufstehend).

Ueber mir
Steht meine Kön'gin, über ihrem Zorn
Die Richterhand des Himmels; doch mich schützt
Mein Schwert, mein Recht, die Stimme meiner Peers.

Elisabeth.

Du doppelzüng'ger Heuchler und Rebell,
Gib deinen Degen ab!

Leicester
(legt seinen Degen vor Elisabeth nieder).

Hier ist mein Schwert,
Ich leg' es nieder vor der Königin;
Doch haben meine Peers mich freigesprochen,
Dann heb' ich's auf und schwing' es wider jeden.,
Der noch an meinem Recht zu zweifeln wagt.

Elisabeth.

Verräther! (für sich) O unselige Verblendung!
Wie klein erschein' ich mir, wie hassenswerth!
An meiner Krone darf der Schimpf nicht haften;
Doch bittre Kränkung übermannt mein Herz!

Mit allen meinen Reichen steh' ich hier
Als eine Bettlerin, und Thränen sind
Die Perlen meiner Krone!

Blunt.

Mäßigt Euch!

Elisabeth.

Du weißt nicht, Richard Blunt —

Blunt.

Ich weiß es wohl;
Doch faßt Euch, Königin, daß andre nicht
Errathen, was ich weiß!

Elisabeth.

O, du hast Recht.
Doch nichts von Schwäche, von Erniedrigung,
Aufrichte sich Elisabeth von Tudor!
Und doch — daran zu denken nur ist Wahnsinn!

Blunt
(Elisabeth die Hand küssend).

O Majestät!

Elisabeth.

Es gibt noch treue Herzen!
(auf und abgehend)
Nehmt Euern Degen auf, Mylord von Leicester!

Leicester.

Mein Fehl ist allzu groß, ich hab' mich schwer
Versündigt an der königlichen Huld;
Doch (zu Elisabeth allein) unverzeihlich mag er sein, er ist
Nicht unbegreiflich. Wenn so hohe Schönheit

Sich mild herabläßt zu den Sterblichen,
Wenn sich der Zauber königlicher Würde
Vereint dem Zauber jeden Erdenreizes:
Dann wagt sich das Geheimniß nicht hervor,
Das unwillkommen solches Glück zerstört!

Elisabeth.

Ihr wagt noch jetzt —

Leicester.

Und Gnade darf ich mir
Von Eurer königlichen Huld erflehn
Für all die Worte, die in sel'gem Rausch
Ich an Elisabeth zu richten wagte.

Elisabeth.

Das überschreitet allen Glauben, Lord! —
O tretet näher; hört! Haha, die Hofgunst
Hat seinen Sinn umnebelt, und er glaubte,
Daß meine Hand und Krone ihm gewiß.
Bedauert ihn, Myladies und Mylords;
Denn Mitleid ist des Thrones letzte Gunst,
Für den vermeßnen und getäuschten Mann
Die letzte Gabe der Elisabeth.

Neunter Auftritt.

Vorige. Hunsdon. Glencarne, von der Wache geführt.

Hunsdon.

Wir fanden ihn im Garten schwer verwundet;
Er will durchaus mit seiner Kön'gin sprechen.

Elisabeth.

Unsel'ger Tag!

Glencarne.

Die vierundzwanzig Stunden
Sind jetzt vorüber, Königin. Mein Leben
Verrann zugleich mit dieser Frist.

Elisabeth.

Dein Mörder?

Glencarne.

Ich fiel im ritterlichen Kampf mit Leicester.

Elisabeth.

Ha!

Glencarne.

Sterbend aber fleh' ich Euern Schutz
Für Amy Robsart an.

Elisabeth (auf Leicester zeigend).

Sie braucht ihn nicht;
Dort steht ihr Gatte.

Glencarne.

Gatte?

Leicester.

O vergebt!
Es war ein Wahn, der in den Kampf mich trieb,
Sinnlose Eifersucht.

Glencarne.

Die Lady Leicester —
O liebt sie, schützt sie, Lord! Ich segne Euch.

Zehnter Auftritt.

Vorige. Amy. Harvey. Bewaffnete.

Elisabeth.

Was geht hier vor? Welch lärmendes Erscheinen
In meiner Gegenwart? Die Lady —

Leicester.

Amy!

Amy.

Zurück!

Harvey.

Entschuld'gen Euer Majestät!
Es ging ein wenig lebhaft zu jetzt eben:
Sir Richard Varney hatte sie entführt;
Ich traf ihn mit den Meinen dicht am Thor;
Er weigert sich, den Raub zurückzugeben;
Da kommt's zum Kampf, und meine Kugel streckt
Den Räuber hin.

Glencarne.

O Amy!

Amy.

Ew'ger Gott!
Mein Freund, mein Bruder, und in seinem Blut!
Die Hand verfluch' ich, die ihn schlug —

Leicester.

Halt ein!

Glencarne.

Sei glücklich — Lady Leicester!

(stirbt.)

Gottschall, Dramatische Werke. IX.

11

Amy (an seiner Leiche).

Meine Jugend
Und meine Heimat und ein beßres Sein
Liegt hier begraben. Weh dem Todtengräber!

Elisabeth.

Unselig Weib, du lästerst deinen Lord
Und Herrn!

Amy.

Vergebung, Königin! Ich seh'
Ringsum nur blut'ge, unverstandne Schrecken,
Und mit der Seele wird das Auge blind.
Bin ich ein menschlich fühlend Wesen noch,
Bin ich ein Spielball teuflischer Gewalten?
(einen Siegelring zeigend)
Ist Euer dieser Ring, Mylord?

Leicester.

Er ist es.

Amy.

Hat dir der Räuber diesen Ring gestohlen?

Leicester.

Nein.

Amy.

War er deiner Vollmacht, deines ganzen
Vertrauens Zeichen?

Leicester.

Amy, hör' mich an!
Ein unglückselig Mißverständniß —

Amy.

Was er's?

Leicester.

Er war's.

Amy.

Ring gegen Ring; so löst er jetzt,
Was dieser bindet.

(zieht ihren Ring vom Finger und wirft ihn vor Leicester's Füßen.)

Leicester.

Ich beschwöre dich —
Es war ein wüster Traum, er ist vorüber.

Amy.

Mein ganzes Leben ist ein wüster Traum. Ich trug
Unsägliches um deiner Liebe willen:
Du hast in Varney's Hände mich gegeben,
In eines Mörders Hände!

Leicester.

Höre mich!
Vergessen sei der grenzenlose Irrthum!
Auf, Lady Leicester, sieh, den höchsten Wunsch
Erfüllt das Schicksal dir: vor diesem Hof,
Vor Englands Königin erkenn' ich dich
Als meine Gattin an.

Amy.

Zu spät, zu spät!
Ein Abendroth der lang ersehnten Ehren
Küßt meine Stirn mit flücht'gem Widerschein.
Ich will nicht leben unter Mörderdolchen;
Im Grauen dieser Stunden war's beschlossen,

11*

Den Tod verhäng' ich selber über mich
Und schone — das Gewissen meiner Henker.

Elisabeth.

Unselig Kind!

Amy.

Mein armes Leben war
Ein Hemmniß und ein Unglück — laßt mich scheiden;
Die Blume ward geknickt vor Gottes Stürmen,
So mag sie thränenlos in Staub vergehn!

(zieht ein Fläschchen hervor)

Komm, trautes Kleinod meiner bangen Stunden,
Führ' mich der letzten zu.

Leicester.

Halt ein! O Gott!

Amy (trinkt).

Ich komme, Edmund Glencarne, sei getrost!
Nicht lange bin ich deine Schuldnerin!

Leicester.

Allmächt'ger Gott! O Amy!

Elisabeth.

Rettung, Hülfe!

Schickt nach dem Arzt!

(Die Ladies drängen sich um Amy; einige eilen fort.)

Amy.

Es ist ein tödtlich Gift!

Laßt nur! Zu spät erfüll' ich mein Geschick,
Längst war es vorgezeichnet in den Sternen.
Kein Schatten, Robert, tritt mehr zwischen dich
Und dein ersehntes Glück; es winkt dir zu.

Aufdringlich kreuzt' ich lebend deine Bahn;
Ich schwör's, dem Grabe will ich nicht entsteigen;
Ich schwieg so lang', jetzt werd' ich ewig schweigen.
Ich büße, daß ich meiner Jugend Glück
Aus Stolz verstieß: so werd' ich selbst verstoßen
Von Stolz und Ehrsucht, die zum Höchsten streben.
Doch Dank dir, Leicester, rein ist meine Ehre!

(zu Elisabeth)

Ich grüße sterbend meine Königin
Als Lady Leicester, treuergebene
Vasallin, dieses Hofes erste Dame;
Und spät in diesem Schlosse Kenilworth
Willkommen heiß' ich Eure Majestät,
Und bitte um die eine letzte Gunst,
Daß Ihr aus Eurer Nähe mich entlaßt
Zu langer Ruhe!

Elisabeth.

Gräfin, liebe Amy,
Ich segne Eure Jugend, Eure Schönheit,
Mit meinen Thränen segn' ich sie. O Gott!

(drückt Amy an das Herz; diese bricht zusammen.)

Zum Aufbruch, meine Lords und Ladies, schnell!
Die Raben krächzen um dies Schloß; hinweg!
Er ist gerichtet, und mein Herz begräbt
Auf ewig ihn mit seinem Opfer. — Fort!
O, immer Schuld und Irrthum ist die Liebe:
Ihr bracht' ich Fluch, der armen Amy Robsart;
Er wandle sich zum Segen für mein Volk!

Der Vorhang fällt.

Nachwort.

Das Trauerspiel „Amy Robsart", welches bereits am Stadttheater zu Leipzig und am Hoftheater zu Weimar die theatralische Feuerprobe mit Glück bestanden hat, lehnt sich in den Grundzügen des dichterischen Plans an den Roman von Walter Scott: „Kenilworth" an, der im wesentlichen ja auch auf geschichtlicher Grundlage ruht. Nur der kühne Anachronismus, durch welchen Walter Scott die in früherer Zeit spielende Ermordung der Amy Robsart mit dem Besuch der Elisabeth in Schloß Kenilworth zusammenbringt, zwingt alle diejenigen Dichter, welche sich des gleichen Anachronismus schuldig machen, auf ihn als auf ihre Quelle zu verweisen.

Davon abgesehen, wird eine unbefangene Kritik der vorliegenden Dichtung wol das Zeugniß ausstellen, daß sie vollen Anspruch auf dichterische Selbständigkeit geltend machen kann. Die Heldin ist nicht das schuldlose Opfer, als welches ein Romandichter sie darstellen durfte, ohne

gegen die äfthetifchen Grundregeln des Romans zu ver=
ftoßen. Für das Drama muß der Charakter von Haufe
aus in eine etwas andere Beleuchtung gerückt werden.
Aus ehrgeiziger Liebe zu Leicefter gab Amy Robfart ihren
Verlobten auf, und der Ehrgeiz von Leicefter wird ihr
eigenes Verhängniß. Um auf dem Höhenpunkte der Hand=
lung den Bruch mit der Vergangenheit und der Familie
fcharf hervorzuheben, war vor der entfcheidenden Wendung,
die in dem Ritt nach Kenilworth liegt, der Befuch des greifen
Vaters bei Amy Robfart eingefügt worden. Vor allem
mußte aber der Tod der Heldin, welchen Walter Scott in
der graufamen Weife, wie ihn die alte Chronik berichtet,
darftellt, als eine That freien Entfchluffes, auch dem be=
reuenden Leicefter gegenüber, erfcheinen, nachdem fich Amy
davon überzeugt hat, daß er bereit gewefen, fie zu opfern.

Das gefchichtliche Pathos liegt diefem Trauerfpiel einer
geheimen Ehe fern; es ift eine Herzenstragödie auf ge=
fchichtlichem Hintergrund, und ihr fpannender Fortgang, den
fie der überlieferten Fabel verdankt, fchließt eine detaillirtere
Schärfe der Charakteriftik aus. Gleichwol werden die Cha=
raktere der Amy Robfart und der Elifabeth auch als Rol=
len fich für begabte Künftlerinnen dankbar erweifen, wie
dies auch bei den bisherigen Aufführungen des Stücks der
Fall war.

Ein früheres deutfches Drama „Kenilworth" war nicht
viel mehr als eine Einrichtung des englifchen Romans

für die Bühne. Dasselbe gilt von dem englischen Drama „Amy Robsart", welches als glänzendes Ausstattungsstück, wobei die Feste von Kenilworth die Hauptrolle spielen, stets neue Reprisen auf den londoner Bühnen erlebt. In dem vorliegenden Drama sind, mit Verschmähung eines hervorstechenden scenischen Glanzes, die Wirkungen nur auf die vereinfachten poetischen Motive der Handlung begründet, denen es allein Erfolg verdanken will.

Leipzig, August 1876.

Rudolf Gottschall.

Druck von F. A. Brockhaus in Leipzig.